한국 남자
미국 여자

한국 남자 미국 여자

발행일	2016년 11월 23일

지은이	이정환, 카일리 엘리자베스 샤야		
펴낸이	손 형 국		
펴낸곳	(주)북랩		
편집인	선일영	편집	이종무, 권유선, 안은찬, 김송이
디자인	이현수, 이정아, 김민하, 한수희	제작	박기성, 황동현, 구성우
마케팅	김회란, 박진관		
출판등록	2004. 12. 1(제2012-000051호)		
주소	서울시 금천구 가산디지털 1로 168, 우림라이온스밸리 B동 B113, 114호		
홈페이지	www.book.co.kr		
전화번호	(02)2026-5777	팩스	(02)2026-5747

ISBN   979-11-5987-310-2 03810 (종이책)   979-11-5987-311-9 05810 (전자책)

이 도서의 국립중앙도서관 출판예정도서목록(CIP)은 서지정보유통지원시스템 홈페이지(http://seoji.
nl.go.kr)와 국가자료공동목록시스템(http://www.nl.go.kr/kolisnet)에서 이용하실 수 있습니다.
(CIP제어번호: CIP2016028009)

(주)북랩 성공출판의 파트너

북랩 홈페이지와 패밀리 사이트에서 다양한 출판 솔루션을 만나 보세요!

홈페이지 book.co.kr

1인출판 플랫폼 해피소드 happisode.com

블로그 blog.naver.com/essaybook

원고모집 book@book.co.kr

한국 남자
미국 여자

사랑을 막 시작하는 국제 커플에게 전하는
실전 연애 지침서

이정환·카일리 엘리자베스 샤약 지음

북랩 book Lab

내가 그녀와 함께 한지도 어느덧 1년이 되었다. 살면서 외국인과 사귀게 될 것이라는 생각은 단 한 번, 10초도 해 본 적이 없었던 내가 1년이나 사랑을 했다니 솔직히 지금도 믿기지 않는 일이다.

솔직히 말하면, 외국인과 한국에서 교제한다는 것은 결코 쉬운 일만은 아니었다. 나는 남자친구이기에 이해할 수 있는 부분에서는 최대한 노력을 하였지만, 그녀에게 있어 언어, 문화, 사고방식, 소통방식은 너무도 생소하고도 낯선 부분이었기에 힘들어하는 그녀를 위해 참으로 많은 인내와 노력이 필요했다.

사람들은 인생에 있어서 가장 중요한 것이 선택이라고 이야기한다. 나는 그녀와의 교제를 선택하였고, 그로 인해 한국 사람과 교제할 때 하지 못했던 여러 가지 열린 생각과 소중한 경험 등을 할 수 있게 되었고 그녀와 함께 나의 목표, 우리의 행복한 미래를 추구할 수 있게 되어 현재 하루하루가 너무 감사하며, 희망 가득한 생활을 하고 있다.

현재 한국을 포함한 전 세계는 다문화가 '대세'이다. 국가 차원에서 막으려 해도 이 '대세'는 절대로 막을 수 없는 현실이 되었고 독자 여러분 혹은 여러분 주변 사람들 또한 언제든지 국제 커플이 될 수 있다.

처음 연애를 시작하는 국제 커플 혹은 국내 커플들에게 우리의 이야기를 공유하여 여러분들의 사랑에 보탬이 되었으면 하는 생각에 그 사람과 함께 이 책을 쓰게 되었다.

C O N T E N T S

프롤로그   4

PART 1. 만남의 시작

우연한 그러나 운명적이었던 만남	11
엇갈려버린 첫 데이트	19
어색했던 저녁 식사	23
본격적인 교제의 시작	30
한국에서의 할로윈 데이 파티	37
그/그녀의 친구들	44
Dance Together	50
한국의 결혼식	55
속초에서의 100일 기념 여행	61
한국에서의 그녀의 첫 생일	70
학교에서의 마지막 날	76
그녀의 출국	78
잠시뿐인 이별	81

PART 2. 재회

미국 여행의 결심   85

그녀의 부모님   90

그녀의 친구   95

그의 가족들   100

나의 두 번째 추석   104

그의 전역   107

같이 삽시다   110

그의 생일   116

우리의 1주년   118

한글을 배우기로 결심한 계기   123

PART 3. 한국 vs 미국

내가 생각하는 미국 사람들의 특성   129

한국 사람들과 직장 문화   136

미국 여자와 교제하는 사람에게

   (혹은 하고 싶은)   139

About 한국 남자   142

미국인이 보는 한국말   145

한국 사람들에게 하고 싶은 말   148

미국 사람에 대한 오해   151

PART 4. 우리의 추억의 장소

양평 딸기 농장   157

노스캐롤라이나 박물관   159

보스턴   161

뉴욕   164

우리집 옥상   168

춘천 지암리 계곡   170

인구 해변   172

제주도   174

에버랜드   178

전주 한옥 마을   181

부안   183

에필로그   185

PART 1.

만남의 시작

우연한 그러나 운명적이었던 만남

한국 남자

3년 전 나는 English의 E도 제대로 몰랐던 초짜 직업 군인 중 한 명이었다. 그러던 어느 날 친구들 사이에서 토익을 공부하고 있다는 이야기가 들려왔고, 영어라는 언어가 궁금했던 나는 무작정 토익 시험을 신청하였고, 그 결과는 300점이 채 안 되었던 것으로 기억한다.

군 생활을 하며 시간을 쪼개어 매일같이 공부하여 약 1년 만에 700점이라는 점수에 도달하였고, 육군에서 통역사가 되기로 결심하여 더욱 열심히 공부했다. 토익 점수 950점 이상, 토익 스피킹 7 이상의 어마어마한 레벨을 요구하는 기준에는 좌절했지만 그래도 결국 3년 동안 나름대로 열심히 공부한 결과 요구 조건을 충족할 수 있게 되었다.

먼저 길을 걸어간 군 통역관들과의 접촉 후 내 실력이 얼마나 형편없는지 알게 된 후 절대 목표를 이루지 못할 거라는 생각으로 하루하루를 보내고 있었다.

그러던 어느 날 같이 사는 두 명의 룸메이트와 같은 부서 동료들이 동시에 식사하자는 제안을 했다. 나는 고민 끝에 부서 동료들을 선택했다. 룸메이트는 매일 같이 볼 수 있었기 때문이다.

회식 자리가 언제나 그렇듯 부서장이나 일에 대하여 열심히 이야기 하며 삼겹살에 소주 한잔 마신 후 조그마한 호프집에서 소주와 맥주를 약 1시간 동안 마신 후 택시를 기다리며 잡담을 하고 있었다.

그때 그녀의 친구 한 명이 우리에게 다가와 한국말로 "담배 하나만 주세요"라고 이야기하였고 그녀의 한국말에 놀란 우리는 기분 좋게 담배 한 대를 주었다. 얼마 지나지 않아 먼발치에서 바라보고 있던 내 여자친구와 친구 한 명이 우리에게 다가왔고 너무 아

노래방에서, 다시 없을 기회라고 생각하고
뻔뻔하게 뽀뽀를 요구했다.

름다웠던 그녀에게 곧장 남자친구가 있느냐고 물어보았다. 나는
기억이 나지 않지만, 여자친구는 내가 초면에 바로 손을 잡고 물어
봐서 정말 놀랐다고 하였다. 이놈의 손버릇이 문제다. 나는 토익에
서 나왔던 문장인 "Let's drink a cup of coffee on Sunday"라고
그대로 사용했었다.

다행히도 그녀는 나의 제안을 흔쾌히 수락하였고 그 순간 그녀의 친구가 "Kiss해, Kiss해"라고 외치자 내 동료들과 그녀의 친구들 모두 난리가 났다.

나는 속으로 '내 평생에 언제 백인이랑 뽀뽀해보겠어, 후딱 해치우자'라고 생각하였지만, 왠지 모르게 두려워 그녀의 눈치를 살폈고 그녀는 웃으며 "Come on"이라고 말했다. 나는 뒤도 안 돌아보고 그녀의 볼에 두 번이나 뽀뽀를 했고 지나가는 사람들까지도 난리가 나버렸다. 사태를 수습하고 택시를 잡으려던 순간, 처음에 담배를 부탁했던 친구가 노래방에 가자고 제안을 했고 우리는 흔쾌히 수락했다.

노래방에서 우리는 약 1시간 동안 한미동맹의 힘을 과시하였고 각자의 길을 떠나려 할 때 나는 잠시 망설이다가 그녀에게 "I want to kiss you"라고 수줍게 이야기하였고 그녀는 웃으며 내 입술에 짧게 두 번 키스해주었다.

함께했던 선임들, 후임들 모두가 대단하다고 난리가 났고 그날 잠이 들 때 이게 꿈인지 생신지 하는 생각을 하다가 잠이 들었고,

이때까지만 해도 우리의 사이가 발전할 것이라고는 꿈에도 생각하지 못했다.

　인연은 언제 어떠한 형태로 나타날지 그 누구도 예상할 수 없다.

미국 여자

"몇 살이세요?" 그가 정확하고, 천천히 물었다.

나는 "한국 나이로 25이요"라고 대답했다.

"남자친구 있어요?" 그는 곧바로 다음 질문을 했다.

한국 사람들은 주로 그들이 처음 만났을 때 이와 같은 질문을 한다.

"아니요."

나는 바로 대답했다.

나는 이 동네에서 영어를 쓰거나 혹은 쓰려고 하는 사람들을 만나보지 못했다.

"내일 제 생일입니다. 내일 만나고 싶네요. 내일 커피 한잔하실래요?" 그가 말했다. 그때 서로 대화를 하고 있던 그의 친구들과 나의 친구들이 우리의 대화에 주목했다.

"음… 좋아요." 나는 그의 엄청난 실행력과 우리를 주목하고 있는 많은 눈동자에 놀라 조금 우물쭈물하며 대답했다.

나의 정말 활발한 미국 친구가 천천히 "키스해, 키스해"라고 말하기 시작했고 다른 사람들도 참여하여 "키스해"라는 구호는 점점 커졌다.

　나는 내 얼굴이 점점 빨개지는 것을 느꼈고 이 한국 남자를 쳐다보았지만, 그가 무슨 생각을 하고 있는지 알 수 없었다. 결국, 이 소동을 잠재우기 위해 나는 내 볼을 가리켰고 그에게 나의 볼을 허락해주었다. 다행히도 이 작은 키스는 그 소동을 중지시키고 우리를 향해 있던 관심을 다른 곳으로 돌리는 데에 성공했다.

　키스를 부추겼던 그 친구는 평소와 같이 모두 함께 노래방 가는 것을 제안했고, 나는 기꺼이 동의했다. 그리고 우리는 근처의 가장 가까운 노래방을 찾았다. 노래방 가는 길에 잠시 편의점에 들러 몇 병의 소주를 구입하여 몰래 우리들의 가방에 숨겨 들어갔다.

　노래방에서 이 한국 남자는 내 옆에 지속해서 앉으려고 했고 나의 등을 쓰다듬었다. 나는 이 남자가 술에 취한 건지 아니면 원래 손버릇이 있는 사람인지 확신할 수 없었다. 나는 이 사람과 조금 떨어져서 앉았고 노래를 부르며 즐거운 시간을 보내는 데에 집중을 했다.

　집에 갈 때가 되었을 때, 모두 사진 찍기를 바랐다. 그리고 그 후, 그 남자는 내게 와서 나와 키스하기를 바란다고 말했다. 나는 속으로 "뭐야?"라고 생각했지만 그냥 그의 얼굴을 잡아 그의 입술에 거칠게 뽀뽀를 해주었다. 그는 웃으며 문을 나갔고, 그 장면을 본 그의 동료는 나에게 다가와서 자신에게도 장난식으로 해달라고 했지만 나는 그것을 장난이라고 생각해 넘겼다.

그러나 만약 내가 동의했으면 그는 내게 키스하려고 했을 것이다. 나는 그에게 안된다고 손을 흔들었고 우리는 모두 좋은 밤 되라고 인사하고 헤어졌다.

이날의 우연했던 우리의 만남이 이렇게 이어지게 될지는 정말 상상도 하지 못했다.

엇갈려버린 첫 데이트

한국 남자

다음날 나는 약속했던 대로 그녀와 커피 한잔하고자 그녀에게 메시지를 보냈다. 그녀는 "오늘 친구들과 서울에서 놀다가 6시 넘어서 갈 예정이니 7시에 만나자"라고 답장을 해 주었다. 나는 마인드 컨트롤을 위하여 약 30분 정도 일찍 도착해서 어떤 이야기를 해야 할지 마음속으로 정리해두고, 거울을 보며 다시 한 번 옷매무새를 가다듬었다. 그때, 그녀에게 메시지 한 통이 도착했다. "친구들과 늦게 버스를 타게 되어 도착이 늦어질 것 같다, 만약 네가 괜찮다면 다음 주 월요일 날로 약속을 미루고 싶다."

그날은 내 생일이었고, 동료들과 어떠한 약속을 잡지 않고 카페에 30분이나 먼저 가서 기다렸었기에 내 마음은 더욱 편치 않았다. 그곳에서 가장 좋아하는 카푸치노와 머핀을 혼자 먹고 핸드드립 커피 머신을 나에게 주는 '선물'로 구입하고 집에 돌아오는데 왠지 모를 외로움이 더욱 느껴졌다.

집에 도착했을 때 룸메이트들이 생각보다 일찍 들어왔다. 오늘 어땠냐는 질문에 커피 한잔 마시고 잠깐 이야기하고 왔다고 거짓말을 해야 했다.

나는 방문을 걸어 잠그고 전날 선물로 받았던 케이크에 혼자 촛불을 켰고, 눈물의 케이크를 혼자 먹고 잠이 들었다.

기대했던 우리의 첫 만남은 허무하게 엇갈려 버렸다.

미국 여자

　다음날 나는 외국인 친구들과 함께 이태원과 명동 지역에서 쇼핑, 맛집 탐방 등을 위하여 서울에서 시간을 보내고 있었다. 그때 그에게서 메시지가 왔다. "어디에요? 오늘 같이 커피 한잔 마시러 가요." 나는 긴장하여 바로 답장을 하지 못했다. 돌이켜보면 나는 초등학교 때 발표 한번 제대로 못 하는 부끄러움이 많은 아이였고 잘 모르는 사람과 단둘이 시간을 보내는 것에 대한 부담감을 항상 가지고 있을 정도로 소심한 아이였다. 심지어 대학교에 들어가기 전에는 마음에 드는 남자들이 데이트 신청을 해도 어떤 대화를 해야 할지 몰라서 거절하곤 했었다.

　대학생이 되어서야 모르는 사람들과의 대화를 그렇게 두려워하지는 않았지만 낯선 사람과 식사를 하거나 차를 마시는 상황을 되도록 피하려 했던 '소심한 나'인데 하물며, 언어와 문화가 다른 낯선 사람이었기에 긴장감에 식은땀을 흘렸다.

　나는 오늘이 그의 생일이라는 걸 알았고 약속을 했기에 만나고 싶었지만, 그 상황이 너무도 긴장되었기에, "버스를 늦게 타게 되어 많이 늦을 것 같다"라는 거짓말을 했다.

　그러나 그는 "다음에 일 끝나고 만나자"고 정중하게 대답해주어서 마음이 한결 가벼워졌다. 나는 "무슨 일이 있더라도 다음번에는 절대 이런 상황을 만들지 않으리라"라고 스스로 다짐하였다.

거짓말을 하면서까지 첫 약속을 취소해야만 했던 나의 심정을 과연 누가 알까?

너무 긴장한 나는 말도 안 되는 핑계를 대고 약속을 취소했다.

어색했던 저녁 식사

한국 남자

월요일 아침, 회식에 참석하지 못했던 동료들이 나를 둘러싸고 미국 여자에 대한 질문을 했다.

나는 "그냥 재미로 뽀뽀 몇 번 하고 끝났다"라고 웃으며 넘겼고, 동료 중 한 명이 "그동안 영어 공부 열심히 했으니까 좋은 기회도 생기는 것 같다. 좋은 기회이니 잘 사귀어서 발전했으면 좋겠다"고 이야기하였다.

나도 속으로 그렇게 되면 좋겠다는 생각을 했지만 그녀는 어제 나타나지 않았으므로 혼자 쓴웃음을 지었고 오늘 약속 또한 어떻게 될지 모르는 상황이었다.

우리를 이어준 작은 카페

약 3시쯤 그녀에게 "바빠서 답장을 못 했었다. 오늘 함께 식사하자"라는 문자를 받았다.

나는 모든 업무를 제쳐 두고 홍천의 맛집을 검색하였고, 동료 직원들이 외국인들은 매운 음식을 잘 못 먹을 거라는 말에 머리가 너무나 복잡해져 나는 그냥 그녀에게 어떤 음식을 좋아하는지 단도직입적으로 물어보았다. 그녀는 흔쾌히 닭갈비를 좋아한다고 하였고, 나는 홍천에서 가장 유명한 닭갈비 식당을 찾아내어 예약했다.

7시 30분쯤, 그녀가 나타났고, 나는 그녀에게 포옹했다. 아메리

그녀의 커피 쉐이크와 나의 카푸치노.
처음 갔던 이 카페를 우리는 지금도 가장 좋아한다.

칸 스타일인 척 포옹을 했지만 그녀는 나중에 포옹은 보통 정말
친한 사이 혹은 오래간만에 만난 사람끼리 하는 게 보통이라고 하
여 조금 민망했다.

　나는 홍천에서 가장 인기가 많은 곳에 간 것에 대하여 지금도
후회하고 있다. 인기가 많은 만큼 사람들이 굉장히 많았고, 식당
은 굉장히 시끄러웠다. 대화에 집중하느라 음식이 입으로 들어가
는지 코로 들어가는지도 모를 정도였고, 질문 리스트를 준비했지
만 하나도 사용하지 못하고 식은땀만 뻘뻘 흘렸다. 땀 흘리는 나
의 모습을 보고 어떤 생각을 했을까 하는 생각을 하고 있으면 지

금도 자다가 이불을 뻥뻥 차곤 한다.

식사 후 내가 가장 좋아하는 홍천의 'Coffee holic'이라는 카페에 갔다. 그동안 외국은 더치페이 문화가 발달했다고 들어서 그녀가 계산할 것이라고 생각했지만, 이는 잘못된 생각이었다.

우리는 각각 카푸치노와 커피 쉐이크를 시켰고, 나는 화장실에 살짝 숨어서 질문 리스트를 빠르게 훑어본 뒤 그녀에게 대학 생활과 독일에서의 생활에 대하여 물어보았다. 그녀가 독일 이야기를 할 때, 너무 흥분한 나머지 굉장히 빠르게 이야기하였다. 입은 웃고 있지만 너무도 긴장한 나머지 이마의 땀이 테이블로 뚝뚝 떨어짐을 느꼈다.

그녀가 "왜 그래, 진정해"라고 웃으며 이야기하였다. 나는 속으로 "이번 만남이 끝이겠구나"라고 생각하며 좌절하였지만 결국 영화 약속을 하게 되었다.

그녀의 집으로 돌아가는 길에 나는 여러 가지 생각을 했다. 나는 그녀가 내리기 직전에 "저번에 만났던 우리 선배가 함께 사진 찍어오라고 했다. 같이 사진 찍자"라고 정말 촌스럽게 제안을 하였고 그녀는 웃으며 쿨하게 같이 사진을 찍어주었다.

사실대로 이야기해도 되었을 것을…. 지금 생각하면 참 부끄
럽다.

그렇게 우리의 첫 데이트는 무사히 마무리되었다.

미국 여자

일을 마치고 외출 준비를 마친 뒤, 침대에 누워서 어떤 이야기를 어떤 식으로 풀어가야 할지 생각하고 있을 때, 그에게서 곧 데리러 오겠다는 문자를 받았고 긴장감에 머릿속이 하얗게 되기 시작했다. 나는 내 자신을 달래기 위해 냉장고에서 소주를 꺼내 반 컵을 단번에 마셨다. 그때, 그에게서 집 앞이라는 문자를 받았다.

그를 만나기 직전까지도 나는 무슨 이야기를 해야 할지 몰랐다. 그에 대해서 아는 것이라고는 그가 노래방에서 발라드만 부를 줄 아는 한국 군인이라는 것과 나는 노래방에서 노래 한 곡 제대로 못 부르는 영어 선생님이라는 정도였다. 솔직히 말하면 공통점을 도저히 찾을 수 없었다.

그와 어색한 포옹 후, 우리는 닭갈비 집으로 향했다. 그는 한국 사람들 모두가 외국인들에게 하는 질문인 "왜 한국에 오셨나요?" "언제까지 한국에 있을 건가요?" "한국말 할 줄 아세요?" 등등을 내게 했다. 그의 영어는 예상보다 유창하여 대화하는 데 있어 큰 문제는 없었다.

식사하는 동안 꽤나 어색했지만 우리는 미국 드라마와 한국 래퍼 빈지노를 좋아한다는 공통점을 찾을 수 있어 나름대로 대화가 풀려갔다.

식사를 마친 후, 그가 가장 좋아하는 카페에서 차 한잔하자고 제안하였고 나는 순순히 따라나섰다. 대화하는 동안 나는 그의 이마와 옆 머리에 땀이 흐르고 있는 것을 보고 "이 남자 정말 많이 긴장하는구나"라는 생각을 하는 동시에 그 모습이 내게는 조금 귀여웠다.

그가 집에 데려다준 후 내게 "오늘 즐거웠어요. 잘 자요, 내 친구!"라고 문자를 보냈고 나는 이 남자가 나를 여자로 생각하는 게 아니라 그저 친구로 여긴다고 생각을 하게 되었다.

너무나 어색하고 긴장이 되었던 첫 데이트여서인지 지금도 생생히 기억이 난다.

본격적인 교제의 시작

한국 남자

두 번의 만남 후, 그녀에게 속초에 놀러 가자는 제안을 하였고, 그녀는 이전에 친구들과 속초에서 아주 즐거운 추억이 있어서 속초를 정말 좋아한다며 흔쾌히 수락하였다. 그녀의 아파트로 향하던 도중 잠깐 꽃가게에 들러서 장미 한 송이를 구입하는 데 한편으로는 부끄럽기도, 한편으로는 기분이 좋았다. 그녀는 남자에게 처음으로 받아보는 꽃이라며 미소지었다. 내가 처음으로 그녀를 기분 좋게 했다는 생각에 나름대로 뿌듯했다.

속초로 가는 길에 우리는 그다지 많은 대화를 하지 않았고, 나는 점점 초조해져, 속초에 사는 친구에게 전화를 걸어 저녁 식사를 제안했다.

　나는 친구에게 그녀의 이름을 'Kelly'라고 소개하였고, 그녀는 정색하며 'Kylie'라고 정정하였다. 그때 얼마나 민망했는지 모른다. 저녁을 먹는 동안에도 너무 어색해서 어쩔 수 없이 친구의 고등학교 때의 치부를 드러내며 어색함을 달래었고 다행히도 화기애애한 분위기 속에서 무사히 식사를 마칠 수 있었다.

　식사 후 바닷바람을 맞으며 모래사장을 걸으니 그동안 쌓였던 스트레스가 풀리는 듯했고 다행히 그녀도 싱글벙글 웃었다.

　집에 가는 길에 나는 그녀에게 홍천 시내에서 소주 한잔하자고 제안하였고 그녀는 정말 쿨하게 응하였다. 주말이라 그런지 속초에서 홍천으로 돌아가는 길이 조금 막혔고 나의 대화 리스트조차 바닥이 나버렸기 때문에 차 속은 어색한 기운으로 가득 찼다.

　그녀에게 "너무 졸려서 운전을 못 하겠다. 네가 손 잡아주면 조금 괜찮아질 것 같다"라고 이야기하였고 그녀는 "잡아주기는 하겠는데 너무 old한 멘트 아니냐"며 웃으며 핀잔을 주었다. 지금 생각해도 나의 어색한 멘트에 얼굴이 화끈거린다.

속초에서의 우리

너무도 어색했던 우리는 홍천의 작은 술집에서 2시간 동안 소주 각 2병씩 해치웠고 우리 둘 모두 어느 정도 얼큰하게 취해 있었다.

집에 데려다주는 길에 나는 너무도 갑작스럽게 "I wanna be your boyfriend…. Can we date together?"라고 고백해버렸다. 어디서 그런 용기가 샘솟았는지는 모르지만, '용기 있는 자가 미인을 얻는 법'이라는 말이 있듯 그녀는 웃으며 "I like you. You are so cute and sweet"이라고 답변하였다.

정말 멋없게 고백을 하였지만 영혼까지 끌어모은 용기 덕분에 아름다운 국제 커플이 탄생할 수 있게 되었다.

요즘 연인들은 시작 단계에 기 싸움(밀당)을 너무 많이 해서 문제다. 나는 더 이상 눈치 싸움 때문에 좋은 인연을 놓치지 않기 위해 이 사람이다 싶으면 올인해 버리기로 했다. 여러분들도 괜한 자존심 때문에 좋은 인연은 놓치지 않길 바란다.

미국 여자

어느 날 그에게서 속초에 바람이나 쐬러 가자는 문자를 받았다. 주말이고 딱히 할 일이 없었기 때문에 순순히 응했지만 속초로 가는 두 시간 동안 무슨 말을 해야 할지 조금 막막했다.

그가 우리 집 앞에 도착했을 때, 그가 어색한 표정과 말투로 선물이라고 장미 한 송이를 건넸을 때, 왠지 그가 귀엽다고 느껴졌다.

속초에 도착할 때까지 우리는 그렇게 많은 대화를 하지 않았지만 서로 음악과 풍경을 나름대로 즐기며 간듯하다.

속초에 도착했을 때, 우리는 그의 고등학교 친구를 만나 해산물을 먹으러 시장에 갔다. 그의 친구는 영어를 할 줄 모르고, 나는 한국말을 할 줄 몰랐기에 식당 안에는 어색한 침묵이 유지되었으나 정환과 그의 친구는 어색한 영어를 이용하여 최대한 분위기를 화기애애하도록 노력하였다.

식사 후 우리는 속초 바닷가로 향했고 나는 바로 신발을 벗고 발을 적셨다. 두 남자는 잠시 망설이는 듯하더니 함께 신발을 벗고 나와 함께 물가를 걸었다. 어색한 분위기는 바닷바람에 단숨에 날아가 버렸고 우리는 함께 '셀카'를 찍으며 즐거운 시간을 보냈다. 바다에 올 때마다 한국 사람들은 바다가 좋아서가 아닌 사진을 찍기 위하여 바다를 찾는 것 같은 느낌을 받는다. 아마도 문화 차이겠지…

집으로 돌아가는 동안, 우리는 역시 몇 마디 하지 않았지만, 나는 그다지 어색하다고 생각하지 않았다. 그가 갑자기 나에게 편지를 건넸다. 지금까지 남자에게 편지를 받아본 적이 없었기 때문에 무척이나 당황스러웠다. 내용이 너무 궁금하였지만 집에 가서 읽으라는 그의 당부에 잠깐 참기로 했다.

몇 분간의 정적이 흐른 뒤, 그가 졸려서 운전을 못 할 것 같다고 이야기하였다. 나는 그에게 창문을 조금 열거나 노래를 듣자고 제안하니 그는 "네가 손잡아주면 잠이 좀 깰 것 같다"라는 정말 웃기지도 않은 멘트를 날렸다. 나는 기꺼이 그의 손을 잡아주었고 우리는 그 상태로 홍천까지 가게 되었다. 거의 한 시간 동안 손을 잡고 있었기 때문에 우리의 손은 땀으로 범벅이 되었다.

홍천에 거의 다다랐을 때 그는 소주 한잔하자고 제안하였고, 나는 별 계획이 없었기 때문에 순순히 응했다. 우리는 근처 술집에서 약 2시간 동안 소주를 4병이나 마셨고 꽤나 취했었다. 그가 집으로 데려다주는 길에 "너의 남자친구가 되고 싶다"라고 뜬금없이 고백을 해버렸다. 속으로는 이 사람이 취해서 그러는 건지 아니면 장난으로 그러는 건지 도무지 알 수가 없었지만 그래도 나쁜 사람은 아닌 것 같기에 한번 만나보기로 결정하고 순순히 응했다.

한국이라는 먼 나라에서 한국 사람과 사귀게 될 줄은 꿈에도 생각하지 못했지만 우리가 지금까지 사랑하고 있는 걸 보면 나쁜 선택은 아니었던 것 같다.

Dear K !

I was happy today because of our time
How was your day with me? I hope you had a
great time too. After meeting You (Last friday)
I've always been so excited. Actually. I nearly
give up on my goal because Im not fluent
and skillful in English but meeting You made me
realize that I should keep striving reaching my goal.
Talking to You is really helpful. I hope we
Could meet as often as we can.
In fact, I am always Concerned about my dream
So everyday I pray to the Lord for help to
achieve my goal and I felt He heard my
prayer and gave me the best present before
my birthday and that is You !
Could You be my best friend?

See You later ^^

그의 첫 번째 편지
그는 그저 나를 영어 가르쳐줄 사람으로 생각하고 있었다.

한국에서의 할로윈 데이 파티

한국 남자

어느 날 그녀의 활발한 친구 케이트에게서 "카일리 집에서 할로윈 데이 파티를 할 예정이니깐 꼭 참석해"라는 문자를 받았다. 할로윈 파티가 어떻게 진행되는 것인지 잘 알지 못하고 수많은 외국인이 있을 것 같은 두려움에 한참을 망설이다가 "할로윈 데이에 입을 옷도 없고 잘 못 어울릴 거 같다"라고 문자를 하니 "옷은 내가 빌려줄 테고, 어색하면 나랑 놀면 된다"라는 문자에 결국 참석을 결정하게 되었다

할로윈 데이 당일, 미국에서 약 3년간 살았던 친구들에게 조언을 구했다. "그냥 신기한 코스튬 입고 술만 잘 마시면 잘 어울릴 수 있을 거야"라는 말에 나름 자신감을 얻었다.

너무 어색해서 정말 집에 가고 싶었던 날. 다행히도 마지막에는 모두가 취해서 즐거웠다.

그날 저녁 치즈 케이크를 손에 들고 아파트 입구에 들어가려는 순간 한 무더기의 외국인이 나타나 무의식적으로 지하로 내려가는 계단에 숨어있다가 그들이 없는 것을 확인하고 나서야 엘리베이터를 탈 수 있었다.

그녀의 집 앞에서 나는 조용히 귀를 기울였고, 집안은 굉장히 소란스러웠다. 노크를 해야 하나 말아야 하나 약 3분간 고민 후에 될 대로 되라는 식으로 약 3회 문을 두드렸고, 여자친구가 아닌 두 명의 외국인이 밝게 웃으며 "Hi"라고 해주었다. 그 이후 그 누구도 내게 말을 걸어주지 않았고, 긴장감과 어색함에 땀이 흐르기 시작했다. 그 땀을 도저히 주체할 수 없는 상태가 되어 내 생에 단 한 번도 피워보지 않았던 담배를 피우고 오겠다고 거짓말을 하고 약 10분간 열을 식히고 다시 들어왔다. 그래도 진정이 되지 않아서 화장실에서 코스튬 안의 모든 옷(속옷까지)을 벗어서 여자친구 방에 숨겨두었다. 모두가 웃고 즐기고 있는데 나만 혼자인 그 느낌. 정말 집에 가고 싶었지만 그래도 조금만 더 버티자고 속으로 혼자 생각했다.

날 혼자 둔 여자친구가 야속했지만, 그녀는 파티의 호스트였기 때문에 모든 손님을 상대해야만 했다. 9시가 넘어서야 3명의 한국 사람이 방문했고, 나는 이들이 나를 구원하러 온 사람처럼 보였다.

11시가 넘어 모두가 취했을 때에야 나는 낯선 외국인들과 겨우 어울릴 수 있었고, 할로윈 파티는 무사히 끝이 났다.

그날은 2015년 중 가장 우울한 날이었지만, 지금 생각하면 웃음이 나온다.

미국 여자

한국에서는 할로윈 데이를 기념하는 곳이 거의 없기 때문에 나는 할로윈 데이가 다가오기 몇 주 전, 우리 집에 외국인 친구들을 초대하여 다같이 즐거운 시간을 보낼 계획을 세웠다.

나의 친구들이 그를 반드시 초대해서 우리의 할로윈 문화를 알려주고 같이 즐겼으면 좋겠다고 하여 그에게 반드시 참석하라고 이야기를 했지만 한국에서는 할로윈이라는 문화가 흔하지 않고 많은 외국인 사이에서 어색해할 그를 생각하니 마음이 무거웠다.

그가 우리 집에 도착했을 때 이미 몇몇 외국인 친구들과 함께 파티를 준비하고 있었고 나는 친구에게 페이스 페인팅을 받고 있었기 때문에 그를 반갑게 맞이해주지도, 정식으로 소개시켜 주지도 못하는 상황에 있었다.

페이스 페인팅이 끝이 났을 때 나는 그때야 그에게 "첫 할로윈 데이 파티에 참석한 것을 환영한다"라고 웃으며 이야기했고 그는 "고맙다, 분위기 좋다"라고 이야기했지만 표정은 굉장히 경직되어있었다.

미국에서는 파티에서 커플들이 항상 붙어있지 않고 새로운 친구들을 만드는 것을 원하며 미국 남자들은 자신들에게 딱 붙어있는 여자친구를 별로 좋아하지 않고, 미국 여자들은 이러한 상황을 스스로 잘 해결하는 남자들을 좋아

1년간 거주했던 홍천의 아파트

하기 때문에 나는 이런 분위기를 어떻게 다루어야 할지 감이 오질 않았다. 또한 우리 집에서 파티를 열었기 때문에 파티가 원활히 진행되도록 나는 모든 사람을 환영하며 접대해야만 했기 때문에 몇 시간 동안 나는 그와 시간을 보내지 못했다.

11시가 넘어갈 때 즈음하여 파티 분위기가 사그라들고 많은 친구들이 하나둘씩 집에 가기 시작하였다. 나는 그제서야 그의 옆자리에 함께 앉을 수 있었다. 오랫동안 혼자 힘든 시간을 보낸 그는 매우 피곤해 보였다.

그는 "나의 영어가 얼마나 형편없는지 오늘 깨달았다. 더 열심히 공부해서 네 친구들과 즐겁게 어울릴 거야"라고 야무지게 이야기했다. 그런 모습이 내게는 안쓰러워 보이기도 하고 귀여워 보여 그의 볼에 가볍게 키스해주었다.

할로윈 데이 이후 그는 나의 친구들을 만나기 전 예상 질문, 답변 리스트를 만들어서 최대한 어울리려고 노력했다.

다음 할로윈 데이에는 더욱 즐거운 시간 보내자.

그/그녀의 친구들

한국 남자

그녀와 교제하면서 여러 종류의 친구를 만나게 되었고 세상에는 참 여러 종류의 사람이 있다는 것을 느꼈다. 항상 남자 혹은 여자 이야기를 하는 친구, 마약, 술, 야구 이야기 등을 하는 친구, 인종차별주의자 그리고 게이까지.

남자, 여자, 술 등등의 주제를 다루는 친구들에게서는 공통점을 찾을 수 있어서 대화도 하고 즐거운 시간을 보내곤 했지만, 인종차별주의자 친구와 게이 친구와는 노력해도 친구가 되기 힘이 들었다.

인종차별주의자인 친구는 내가 모임 장소에 가면 보란 듯이 집에 가야겠다고 이야기하고 가버리기도 했고, 내가 그에게 말을 걸면 답변을 안 하거나, 이해할 수 없는 슬랭(속어)을 사용하여 답변하거나 일부러 엄청나게 빠른 속도와 지역 악센트(사투리)의 콤비네이션으로 나를 당황하게 만든 적이 여러 번 있다. 기분이 번번이 상했지만 다른 친구들이 오히려 자기가 미안하다고 나를 위로해 큰 트러블은 발생하지 않았지만, 영어를 잘 못하는 아시아인들은 외국에 나가서 무시를 받을 수도 있겠구나, 더욱 열심히 영어 공부를 해서 매운맛을 보여주겠다는 다짐을 하는 계기가 되었던 것 같다.

게이인 친구는 항상 내 여자친구와 함께 다니던 친구였다. 키도 크고 푸른 눈을 가지고 있기에, 남자들이 보아도 미남이라고 생각할 정도였다. 게이라는 사실을 몰랐을 때, 내 여자친구가 항상 그 친구 이야기를 하는 사실이 너무 싫었고 식당을 가던 바에 가던 항상 여자친구와 붙어있는 사실을 견딜 수 없었고 "저 자식이 혹시 진짜 남자친구고 내가 세컨드가 아닐까?"라는 생각에 고통스러웠고 결국 여자친구에게 "OO이를 좋아하냐"라고 넌지시 묻자, 그녀는 조용했던 카페에서 박장대소를 하며 "무슨 소리를 하는 거

이제는 나의 친구가 된 그녀의 친구들!

야? ㅇㅇ이는 게이야. 몰랐어?" 라고 반문을 하였다. 그 순간 한동
안 목에 걸려있던 가시가 한 번에 넘어가는 것처럼 안도감이 느껴
졌다.

"항상 같이 다녀서 속으로 많이 걱정했다"라고 이야기하니 "그저
게이인 친구일 뿐 아무 사이 아니니까 걱정하지 말아라"라며 나를
위로했다.

여자친구가 나의 질문을 조금 심각하게 받아들였는지 그날 이
후 그 친구와 만남을 최대한 자제하고 그의 이야기도 나에게 거의
하지 않았다. 그 이후 그 친구와 여러 번 마주쳤지만, 어색하게 인
사만 나눌 뿐 우리의 사이는 더 이상 진전되지 않았다.

흑인, 백인, 황인 등 다양한 인종들의 친구들을 사귀다 보면, 문
화적으로 다른 게 너무나도 많기 때문에 서로 간 트러블이 발생하
게 될 경우가 생긴다. 하지만 기억해야 할 것은 서로 다를 뿐, 그
누가 틀리지 않았다는 사실을 명심했으면 한다.

미국 여자

서로의 친구들을 만나서 함께 시간을 보내는 것은 건강한 관계를 위해 아주 중요하다. 특히 정환과 나의 관계에서는 더욱 중요하고 서로의 친구들과 더 친해지기 위해 우리는 서로 노력 중이다.

우리가 처음 만났을 때, 정환은 정말 말을 많이 하는 친구였다. 하지만 나의 친구들과 만나서 식사하거나, 바에서 맥주를 한잔할 때면 그는 외국인들의 엄청난 속도와 슬랭(은어)에 모든 대화 내용을 이해하지 못하고 힘들어했다. 정환은 자존심이 강한 친구라서 다른 사람들 앞에서 내가 다시 천천히 말해주는 걸 정말 싫어하기도 했다.

내가 정환의 친구들과 만났을 때도 마찬가지이다. 내가 아무리 1년이 넘는 시간을 한국에서 보냈다고 한들 모든 것을 다 알아듣는다는 것은 어불성설이다. 정확히 다 못 알아듣더라도 그들이 웃으면 나도 그냥 따라 웃고, 건배를 하자고 하면 건배하고 분위기를 맞추려고 노력했다.

때때로 2시간 넘게 말없이 미소짓고 있는 게 힘이 들 때도 있지만 정환의 부정확한 통역과 최대한 나를 즐겁게 해 주려는 그의 친구들의 배려 때문에 즐거운 시간을 보낼 수 있었다.

그가 나의 가족, 나의 친구들과 친해지기 위해 노력하는 만큼 나도 열심히 한국어를 배워 그들과 조금이라도 가까워지기 위한 노력을 할 것이다.

언제나 내게 친절했던 그의 친구들!

Dance Together

한국 남자

어느 날 그녀가 친구들과 함께 강릉의 댄스 페스티벌에 참석할 예정인데 함께 하겠느냐고 나에게 질문을 했다.

어릴 적부터 댄스 울렁증이 있었던 나는 당연히 단칼에 거절을 했지만 여자친구가 댄스 파트너가 필요하다고 이야기하는 바람에 시도라도 해보자는 마음으로 그녀의 친구들에게 춤을 배우기 시작했고 예상대로 나의 댄스 실력은 정말 최악이었다.

어릴 적 가족들 앞에서 춤을 춘 적이 있었는데 누나가 "진짜 아저씨 같다. 어디 가서 다시는 춤을 추지 말아라"라고 했던 기억과 중학교 무용 실습 때 나의 파트너가 나 때문에 점수를 못 받아 대성통곡을 했던 기억들 때문에, 그 이후 누나의 말대로 정말 어디 가서 춤을 추지 않았고 자연스레 몸치, 박치가 되었던 것 같다.

여자친구는 이번에는 함께하지 못 하지만 처음부터 차근차근 연습하면 춤을 즐길 수 있다고 하여 나는 그녀에게 정말 쉬운 왈츠부터 부탁하여 배우기 시작했는데, 그마저도 정말 엉망이었다.

이삼 일 정도 왈츠를 배우고 나니 그나마 스텝이 따라주어서 그녀의 리드 하에 즐겁게 왈츠를 출 수 있었고 내 생에 처음으로 '춤추는 것도 꽤나 즐겁다'라는 생각이 들었다.

미국에서는 춤을 배울 기회가 굉장히 많다고 하는데, 여자친구는 초등학교 시절 아버지에게 왈츠와 파트너 댄스를 배웠고, 중학교와 고등학교 때 아주 쉬운 댄스들을 학교에서 가르쳐주기 때문에 춤을 잘 못 추는 사람이라도 다같이 즐길 수 있다고 하였다.

여자친구의 댄스를 나중에 동영상으로 보며 '춤이라는 것이 정말 매력적이고 아름다운 것이다'라는 생각을 했다.

나중에 그녀는 내게 "춤에 대해서 너무 걱정할 필요 없어, 다른 사람들의 시선은 신경 쓰지 말고 우리만 즐기면 된다"고 이야기해 주었다.

하지만 나는 남의 시선을 의식하는 전형적인 한국인이다. 그러나 언젠가는 그녀와 아름다운 춤을 함께 출 것이다.

미국 여자

지난 10월 홍천에서 선생님을 하는 나의 친구 중 한 명이 강릉에서 주관하는 살사 댄스 페스티벌에 참가하지 않겠냐고 제안을 해 왔다.

살사 댄스를 제대로 배우려면 몇 주라는 시간이 소요되기 때문에 많은 외국인 친구들이 참석하지 않아서 정말 운이 좋게 메인 댄서로 활약할 수 있었다. 지금껏 살아오면서 메인 댄서 역할을 맡아본 적이 없었던 터라 긴장되기도 하고 설레기도 하였다.

댄스팀을 운영하는 친구가 "네 파트너로 정환을 초대하는 게 어때?"라고 제안하였고, 정환은 춤에 대한 공포가 있기 때문에 단칼에 거절하였다.

며칠 후 정환은 나에게 지금 배우고 있는 춤을 가르쳐줄 수 없냐고 질문하였고 나는 살사 댄스의 기본 스텝부터 알려주었다. 그는 하나를 알려주면 두 개를 잊어먹고, 두 개를 알려주면 세 개를 잊어먹는 스타일이었다.

집에 단 둘밖에 없는 데도 바짝 긴장한 그에게 살사 댄스는 난이도가 조금 있으니 평화로운 분위기의 왈츠를 한번 배워보자고 제안하였고 그는 살사 댄스를 배울 때보다는 좀 더 밝아졌다.

완벽한 왈츠를 추는 데까지 3일이 넘게 걸렸지만 긴장하여 그 쉬운 동작 하나하나에 초집중하는 그의 모습이 너무나도 귀여웠다.

언젠가 그는 "당신은 춤출 때 정말 환하게 웃는다. 언젠가 당신과 함께 춤을 추며 그 미소를 온전히 나의 것으로 만들고 싶다"라고 말했다. 지금 생각하면 느끼하기도 하고 웃기기도 하지만 그때는 이 사람이 정말 나를 많이 좋아하는 게 느껴졌다. 사실 요즘은 잘 안 느껴지는 것도 같다.

정환! 오래오래 함께하면서 세상에서 가장 서툴지만 가장 아름다운 춤을 추자!

한구의 결혼식

한국 남자

작년 11월 직장 동료가 나를 결혼식에 초대했다. 나는 조심스럽게 "미국인 여자친구와 함께 참석해도 상관없냐는 질문에 그는 흔쾌히 "미국 사람이면 더 환영이지"라고 하였다.

그날 저녁 나는 여자친구에게 함께 결혼식 하객으로 참석하여 한국의 결혼 문화를 접해보는 게 어떠냐고 제안했다. 그녀는 참석하는 건 별로 문제가 되지 않지만 자기에게는 American style의 드레스 밖에 없고 한국에서는 American style의 드레스를 입는 외국 여자들을 못 봤기에 입기가 너무 어색할 것 같다고 걱정하였다.

나는 인터넷에서 한국 하객의 드레스코드를 보여주며, 한국에서는 미국과 달리 50% 정도가 정장을 입지만 나머지는 보통 단정하게 입고 참석을 하기 때문에 너무 걱정하지 않아도 된다고 그녀를 안심시켰다.

우리는 결국 함께 결혼식장에 참석했고 예상대로 결혼식은 식사 시간을 포함하여 2시간 이내에 끝이 났다. 여자친구는 놀라며 정말 이게 끝이냐고 계속해서 물어보았다.

미국에서는 보통 큰 건물 한 채 빌려서 다음날까지 신랑, 신부, 하객들이 밤새도록 먹고, 마시고 춤추며 시간을 보내는데 한국의 결혼식은 너무 짧고 크게 특별한 게 없는 것 같다고 하였다.

미국은 크고 화려하게 하는 반면에 결혼 시 돈이 굉장히 많이 들어간다고 한다. 또한, 한국처럼 하객들이 봉투를 하는 것이 아니라 신랑, 신부가 필요한 살림 리스트를 만들어서 하객들에게 보내면 그들이 형편에 맞추어서 구매를 해오는 문화라고 한다.

각 나라마다 문화적인 차이가 있기 때문에 어떤 것이 더욱 좋다는 판단을 쉽게 할수 없지만 여자친구와 몇 차례의 결혼식 참석 후 우리는 한국식 결혼식을 올리기로 합의하였다.

언어, 문화, 사고방식 등의 온갖 어려움을 극복해 낼 수 있는 것은 서로의 이해와 사랑이다.

미국 여자

12월, 나는 내 생에 처음으로 정환을 따라 한국의 결혼식에 참석하였다. 한국의 결혼식은 미국과는 차이가 있다는 사실을 알았지만 어떤 점이 어떻게 다른지는 정확히 알지 못했었다.

결혼식장 근처에 도착했을 때, 정환은 한국에서는 신혼 여행 등에서 사용할 수 있도록 봉투(돈)를 하는 것이 문화라고 가르쳐주었다.

미국에서는 봉투를 하면 무례하다고 생각할 수 있기 때문에 신랑과 신부가 원하는 선물을 사주는 게 일반적이어서 확실히 문화 차이가 있다는 생각이 들었다.

또한 미국은 커플이 결혼식장 한 개를 약 24시간 정도 통째로 빌리기 때문에 한 건물에서, 같은 시간대에 많은 사람이 결혼식을 올린다는 사실에 조금 신기하였다.

또한 미국의 결혼식에서는 댄스 타임 전 모두가 앉아서 그들을 축복해주는 반면, 이곳에서는 자리가 없어서 서있는 사람들도 꽤나 있었다.

시작한 지 얼마 후 신랑과 신부가 영원한 사랑에 대한 서약을 한 후 그의 동료 군인들에 의하여 만들어진 여러 가지 어려운 관문을 통과해야 했다. 미국에서는 볼 수 없는 광경이지만 굉장히 신선하고 좋은 아이디어였다.

처음 참석하는 한국의 결혼식장에서

　많은 점이 미국식 결혼식과 비슷했지만 식사까지 포함해서 모든 게 2시간
내로 끝이 났다.

　미국 같은 경우는 식사, 음주, 케이크 커팅, 신랑, 신부의 앞으로의 각오, 신부
와 아버지의 댄스, 하객들의 댄스, 다시 음주하며 늦은 시간까지 즐거운 시간을
보통 보내는데 너무 금세 끝이 나서 놀랍기도 하고, 어쩌면 신랑, 신부, 가족 및
하객들이 준비할 게 적어 부담이 덜 하는 측면에서 좋은 점도 있다는 생각이

들었다.

각 나라의 문화 차이가 있기 때문에, 어떤 게 더 좋다 나쁘다 할 수는 없고 우리는 최소 3년 후에 결혼할 예정이기 때문에 아직 결혼 준비에 대한 큰 부담감은 없다.

우리 부모님께서는 미국과 한국의 중간 지점인 하와이에서 결혼식을 하는 것도 좋은 생각이라고 조언하셨다. 좋은 생각이긴 하지만 준비하는 비용이 만만치 않기 때문에 각 부모님만 모셔두고 하는 것도 나쁘지 않을 것 같다.

우리 결혼식은 과연 어떤 방식으로 하게 될지 정말 기대된다.

속초에서의 100일 기념 여행

한국 남자

그녀와 함께한 지 3개월이 넘었을 때, 나는 100일 기념 파티를 준비해야 했다. 고등학생, 20대 초반도 아닌, 26살이나 먹고 유치하게 100일을 기념하느냐고 하면 할 말이 없지만 그래도 소소한 이벤트를 챙길 줄 아는 귀여운 남자친구가 되고 싶었다.

게다가 미국 같은 경우에는 중학생들이나 고등학생들이 보통 100일 단위로 기념일을 챙기는데 그마저도 너무 Cheesy(느끼)하다고 그냥 넘기는 경우가 더 많으며 여자친구 같은 경우에는 1주년 기념도 챙겨본 적이 없다고 하여 더욱 더 기념하고 싶었다.

무엇을 하는 게 좋을까 하는 고민 끝에 화려한 이벤트보다는 우리의 나이를 고려해서 선물과 여행을 떠나는 것이 좋을 것 같다고 생각했다.

그녀에게 100일 때 속초로 여행을 가자고 제안을 하였고, 그녀 역시 속초를 좋아하기 때문에 우리는 바로 숙소를 예약하였다.

100일 당일 날 나는 그녀에게 편지 한 통과 노란색 커플티를 선물하였고 그녀는 아무것도 준비하지 않아서 미안하다며 눈물을 글썽거렸다.

미국의 커플들은 기념일을 챙기지 않을뿐더러 선물 교환은 더욱 하지 않는다고 한다. 나중에 알게 된 사실이지만 커플티는 더욱 안 입는다고. 하지만 많은 사람이 우리의 커플티를 칭찬했었다.

가는 날이 장날이라고 날은 춥고, 바람이 굉장히 많이 불었다. 우리는 '그래도 여행 왔으니 주변 관광을 해야 하지 않겠느냐'라는 생각으로 숙소를 나섰지만 날씨가 너무 추운 탓에 저녁 식사를 일찍 하고 숙소로 돌아가기로 했다.

나는 속초에 왔으니 신선한 회를 먹어야 한다고 그녀를 수산물

시장으로 데려갔고 그녀는 미국에서는 사람들이 물고기를 잡아 회를 떠서 먹는 문화가 없기 때문에 이런 광경은 처음 본다며 싱싱하게 살아 움직이는 해산물들을 만져 보기도 하고 함께 '셀카'를 찍기도 하며 즐거워했다(그녀는 회를 뜨기 전 물고기들이 불쌍하다고 이야기해놓고 매운탕에 밥까지 말아서 아주 맛있게 먹었다).

식사 후 숙소에서 맥주를 마시며 지금까지 사귀며 즐거웠던 일, 힘들었던 일, 앞으로의 우리의 교제 방향 등에 대하여 이야기를 나누었다. 술을 마시면 사람이 솔직해진다고 하지 않았던가? 나는 그동안 남자의 자존심 때문에 이야기하지 못했던 미래에 대한 두려움과 직장에서 겪고 있는 어려움 등을 그녀에게 토로했다.

그녀는 언제나 그랬듯이 "자신을 과소평가하지 않았으면 좋겠다. 우리 나이 또래에 당신처럼 부지런하고 열심히 사는 사람을 거의 본 적이 없다. 지금처럼만 열심히 살면 당신이 하고 싶은 것 다 이룰 수 있으니 기죽지 않았으면 좋겠다. 내가 함께 있어 주겠다"고 대답해주었다. 지금껏 살면서 부모님을 포함한 대다수 지인들은 내가 하고자 하는 일에 대하여 부정적이었다.

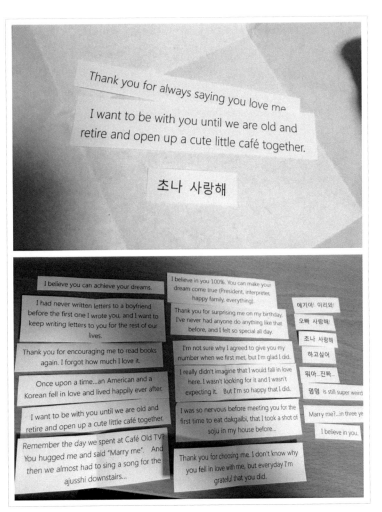

그녀가 백일 선물로 준비한 백 장의 편지

내가 통역관이 되고 싶다고 이야기했을 때 대다수 사람들이 비웃거나, 시작하기에는 너무 늦은 나이라거나 외국에서 몇 년씩 공부한 사람들도 통역하기가 힘든데 네가 어떻게 할 수 있겠느냐는 식이었기 때문에, 항상 이정환이라는 가진 거 하나 없는 사람을 믿어 주는 그녀에게 감사했다.

그녀가 언제까지나 함께 있어 주겠다고 이야기했을 때 나는 그녀 앞에서 처음으로 눈물을 보였고 그녀는 말없이 나를 안아주었다. 남녀 역할이 바뀐 것 같지만 그래도 천군만마를 얻은 것처럼 든든하고 행복했다.

다음날 이른 아침 눈부신 햇살에 의해 어쩔 수 없이 일찍 일어나게 되었고 창문을 통하여 맑은 하늘과 아름다운 바다를 혼자 10분 동안 멍하니 바라보았다. 가슴이 뻥 뚫리는 듯한, 근심과 걱정이 사라져버리는 듯한 기분을 느꼈고 이 순간 나와 함께 있는 그녀가 더욱 아름다워 보였다.

이날 나는 그녀와 언제까지나 함께하겠다고 다짐하였다.

미국 여자

미국에서는 보통 기념일을 챙기지 않는다. 요즘의 고등학생들은 매달 기념일을 챙기기도 하는데 내가 고등학생 때 그런 느끼한 문화는 거의 없었고 커플들은 대개 1년을 기념한다.

그러나 한국에서의 100일은 꽤나 큰 기념일이라고 생각하는 모양이었다. 그래서인지 정환은 "우리가 처음 속초에 놀러 간 날 사귀게 되었으니 100일 기념도 속초에서 보내자"라고 제안하였다.

속초로 가는 길은 굉장히 추웠고 속초 근처의 지역은 전부 눈이 덮여있었다. 숙소에 도착했을 때 그는 가방에서 100일 선물이라고 내게 상자를 하나 건넸다.

어떤 선물인지 감이 오지 않아 상자를 열었고 그 속에는 두 개의 노란 티셔츠가 담겨 있었다. 한국의 커플들은 커플티를 좋아한다는 것을 알고 있었지만 살아오면서 커플티를 입어본 적도, 입는 사람도 단 한 번도 보지 못했던 나였다. 미국에서는 너무 느끼하다고 생각하기 때문이었다.

이걸 입어야 하나 말아야 하나 고민하는 사이 정환은 어느새 옷을 갈아입고 나에게도 얼른 갈아입으라고 하여서 조금 당황했지만 그래도 소중한 선물이니 갈아입고 100일 기분을 내기로 했다.

호텔의 직원 및 여러 사람이 커플티가 정말 예쁘다고 칭찬을 하여 기분이 좋기도 부끄럽기도 하였다. 정환은 모델이 좋아서 옷도 예뻐 보이는 거 같다는 바보 같은 소리를 했다.

속초 주변을 둘러본 뒤 우리는 수산 시장에서 회를 먹기로 했다.

항구 주변이라 그런지 바람도 많이 불고 들어가는 입구부터 계단까지 모두 물에 젖어있고 조명도 어두워 무서운 영화를 연상케 했다.

속으로 이 사람이 나쁜 마음을 먹고 나를 이곳에 데려온 게 아닌가 하는 생각도 들었다. 얼마 지나지 않아 아줌마들과 살아있는 생선들이 보이기 시작했고 그제서야 조금 안심이 되었다.

우리는 몇몇 생선을 골랐고 아주머니는 우리가 보는 앞에서 생선의 목을 무자비하게 쳐버렸다. 나는 정환에게 '이런 모습은 처음 본다, 물고기가 너무 불쌍하다'고 이야기를 해 놓고 모든 회와 매운탕을 정말 맛있게 먹었다. 정환은 이 이야기를 두고 틈만 나면 나를 놀린다.

식사 후 우리는 호텔에서 맥주 한잔하며 우리가 100일간 만나며 겪었던 여러가지 이야기를 하였다. 우리가 100일 넘게 사귈 줄은 친구들도, 나의 부모님도, 솔직히 나 자신도 몰랐다.

갑자기 그가 요즘 부대에서 힘든 일도 있고 미래에 대한 자신이 없다고 어두

우리의 행복했던 100일 기념 속초 여행

운 얼굴로 말했다.

　항상 웃는 모습만 보여주었던 그가 내 앞에서 눈물을 보일 거라고는 상상도 못 했었기에 조금 당황했지만 나는 그를 안아주며 "나는 당신이 꿈을 위하여 얼마나 열심히 사는지 알기 때문에 걱정되지 않는다. 걱정하지 말고 지금처럼 열심히 살면 하고 싶은 거 다 할 수 있다. 함께하자"라고 그를 위로하였다.

그는 내게 사랑한다고 말하며 함께 할 수 있어서 정말 큰 힘이 된다고 말했다.

살아오면서 남자친구에게 "I love you"라는 말을 해본 적이 없기 때문에 나는 그저 함께 해주어서 "고맙다"라고만 하였다. 한 번씩 표현을 못 하는 내가 바보같기도 하다. 정환은 이따금 "I love you"라는 말을 하라고 시키기도 했었다.

여행을 다녀온 후 우리는 더욱 더 가까워졌고 나는 "I love you"라는 표현 대신 "사랑해"라는 표현을 한다. 이유는 덜 간지럽기 때문이다.

100일을 보냈으니 앞으로 남은 건 1주년, 10주년, 100주년이다. 그 사람과 오래도록 행복하고 싶다.

한국에서의 그녀의 첫 생일

한국 남자

100일 다음으로 그녀의 생일이라는 큰 고비가 왔다.

모두가 그런 건 아니지만 한국 여자들은 첫 생일을 제대로 챙겨 주지 않으면 그대로 'Out'이거나 혹은 아주 오래 기억에 남는다고 한다.

그냥 같이 저녁 먹는 거로 할까 싶어 생각을 하다가 아무리 아메리칸 스타일이 쿨하다고 해도 생일은 이야기가 다를 것 같다는 결론을 내렸다.

여행은 얼마 전 다녀왔으니 왠지 식상할 것 같았다. 결국은 휴가를 내고 생일 당일 날 학교에 찾아가 깜짝 파티를 해주어야겠다고

한국에서의 그녀의 첫 생일

마음을 먹었다.

사전에 교무실로 전화해서 협조 후, 평소 입지도 않던 정장을 챙겨입고 교무실에 숨어있었다.

4교시 수업이 끝나고 그녀가 교무실에서 나를 본 순간 무척이나 놀란 표정이었다. 나는 그녀에게 다가가 준비해온 목걸이, 케이크 그리고 편지를 건넸다. 교무실 선생님들은 난리가 났고 그녀는 눈물을 조금 글썽거렸다.

그녀가 "정말 상상도 못 했던 일이다. 고맙다"라고 이야기했을 때 속으로 '먹혔다!'라고 생각을 하고 혼자 바보처럼 웃었다.

그녀가 "오늘 친구들과 홍천 시내에서 생일 파티를 하는 데 꼭 참석해 줘"라고 말했다. 나는 우선 알겠다고 대답을 했지만 외국인들만 모이는 자리에 참석해서 혼자 어색하게 있을 나의 모습이 자동적으로 그려져 망설이게 되었다.

그녀에게 참석하는 친구들의 명단을 물어본 후 나는 '오늘 많이 피곤해서 일찍 자야 될 것 같다'라고 메시지를 보냈다.

저녁 9시 그녀의 친구들이 페이스북에 '즐거운 생일파티'라는 제목으로 동영상과 사진을 올린 것을 보고서, '오늘은 내 여자친구 생일인데, 나도 당연히 참석해야 하는 데' 하는 생각과 '참 바보 같다'는 생각이 동시에 들었다.

참석해도 후회했을 것이고 어떤 선택을 했어도 후회하게 되는 이런 웃긴 상황이 다 있다는 생각에 웃음이 나왔다.

일찍 잠들려고 노력하였지만 잠도 오지 않아 결국 나는 냉장고에 있는 맥주 한 캔을 마시며 페이스북 동영상을 몇 번이고 다시 재생하였다. 모두가 즐거워 보였다. 나만 빼고.

11시가 넘어서 그녀에게 전화가 왔다. "오늘 선물과 편지 정말 고마웠어. 오늘 함께 했으면 더 좋았을 텐데, 몸은 좀 어때?"라는 질문에 "푹 쉬었더니 많이 좋아졌다"라고 둘러댔다.

멍하니 허공만 바라보다가 다음번 생일 때는 반드시 그녀와 함께할 것이라고 스스로 다짐했다.

미국 여자

작년 나의 생일에 나는 언제나처럼 학교에서 학생들을 가르치고 있었다.

점심을 먹기 전 영어 선생님이 잠깐 행정실에 들러서 일 좀 처리하고 가자고 제안하여 나는 그녀를 따라갔고 평소 우리는 행정실 선생님들과 자주 커피를 마시거나 보드게임을 하곤 했기에 의심 없이 따라나섰다.

행정실에 들어갔을 때 그가 잘 입지 않던 정장을 입고 꽃다발과 함께 서 있었다. 너무 당황한 나는 아무 말도 하지 못한 채 멍하니 그를 바라만 보았다.

점심시간에, 학교에서 꽃을 들고 있는 그를 만난다는 건 지금까지 단 한 번도 상상해본 적이 없었기에 더욱 당황했던 것 같다.

우리는 이제 두 달밖에 사귀지 않았던 상황이었기 때문에 그의 학교 방문은 나에게 아주 큰 사건이었다. 학교 선생님이 모두 보는 앞에서 그를 반갑게 안아주는 것도 조금 이상할 것 같아 나는 그에게 어색하게 "Hi" 라고 한마디 건넸다.

이전에 나는 그를 학교 회식 자리에 데려가 잠깐 인사시켜준 적이 있다. 다행히 선생님들 모두 그를 좋아하셨고 그는 두 명의 행정 선생님들을 집까지 데려다주었다.

운전하는 도중 그들은 "정환 씨 너무 착하다, 카일리 쌤이랑 잘 되서 결혼하면 좋겠다" 등의 말을 해서 어색했던 우리를 더 어색한 상황에 놓이게 했던 적이 있다. 그 과정에서 그는 행정 선생님들과 매우 친해졌고, 몰래 연락을 하여 깜짝 이벤트를 준비한 것이었다.

대부분의 미국 사람들은 자신의 일과 개인적인 사생활을 확실히 분리하는 경향이 있기 때문에 이런 이벤트는 매우 드물다. 정말 기쁘기는 하지만 선생님들 앞에서 어떤 반응을 보여야 할지 도저히 감이 오지 않았다.

꽃다발과 케이크 그리고 정말 예쁜 목걸이. 너무 감사한 마음에 코끝이 찡해졌다. 이전에도 이야기했지만 지금껏 살면서 남자에게 꽃을 받아본 적이 없기에 더욱 소중했다. 아직도 그는 우리의 기념일 혹은 긴 훈련을 다녀오면 어김없이 정성스러운 편지와 함께 사랑스러운 꽃다발을 준비한다.

케이크에 불을 붙이고 노래를 하는 동안 많은 선생님이 찾아와서 함께 생일 축하 노래를 불러주었다.

25년 살면서 25번의 행복한 생일을 보냈었는데 나의 25번째 생일은 정말 평생 기억에 남을 것 같다. 지금까지 함께해준 그에게 정말 감사하고, 앞으로 함께 할 그의 생일을 정말 행복한 날로 만들어 주고 싶다.

학교에서의 마지막 날

초등학교에 출근하는 마지막 날, 나의 발걸음은 매우 가벼웠다. 아름다운 우리 초등학교, 언제나 친절하신 동료 선생님들, 귀여운 학생들과 헤어지는일이 많이 아쉽긴 하지만 영어라는 언어를 가르치기가 쉽지 않았고 무엇보다 나의 적성에 맞지 않는 것 같아서 왠지 모를 해방감에 속이 시원했었다.

방송실에 들어가 약 5분 동안 영어로 사람들에게 작별인사를 하고 교무실에 들어가는데 그동안 내가 가르쳤던 아이들이 모여 노래를 불러주고(나중에 알고 보니 선생님께 불러주는 '스승의 은혜'라는 노래였다) 그들이 준비한 선물을 내게 건네주었다.

동료 선생님들은 그동안 고생 많았다고 학생들은 감사하다고 이야기를 해주는데 '내가 1년 동안 제대로 영어를 가르쳤을까'하는 생각과 이렇게 착한 사람들을 위해서 더 열심히 했었어야 하는 데 싶은 생각이 듦과 동시에 눈물이 나왔다. 마지막 순간이 굉장히 아쉬웠지만 우리는 서로 연락처를 알고 언젠가는

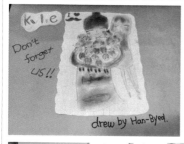

다시 만날 것을 알기에 떠날 때는 웃으며 나올 수 있었다.

1년 동안의 짧은 교직 생활이었지만 선생님들과 학생들에게 배운 것도 많고 행복했던 정말 소중한 시간이었다.

그녀의 출국

어느 날 그녀는 영어를 가르치는 것도 즐겁지만, 대학에 들어가서 한국어를 배우기 위하여 교사 계약 연장을 하지 않겠다고 이야기를 한 적이 있다.

퇴직일이 결국 다가왔고, 그녀는 학생 비자를 받기 위하여 미국으로 가야만 했다. 이때 나는 속으로 그녀가 다시 안 돌아오는 게 아닐까 하는 상상을 했다.

나는 '남자친구'이기 때문에 그녀의 짐 정리를 도와주었고, 그 과정에서 정말 많은 트러블이 생겼다. 내가 군인이라서 그런지는 모르겠지만 하루면 충분히 모든 것을 끝낼 수 있는 일을 그녀는 2주가 넘도록, 퇴직하는 날까지 정리를 못 하고 있어 나의 휴가를 사용하여 정리를 끝냈다. 여자친구는 출국 문제 및 나와의 문제로 인한 스트레스성 위염이 생겼다. 물론 미국에 도착하자마자 바로 완치되었지만.

마지막 주말이 다가왔다. 우리는 양평에 위치한 딸기 농장에서 딸기를 수확하는 체험을 하기로 하였고 이 선택은 정말 옳았다. 3월 말이지만 완벽한 날씨와 푸른 하늘 그리고 우리 둘. 비록 마지막 데이트이지만 모든 것이 완벽했다.

우리는 주변의 딸기들을 손에 잡히는 대로 수확하고 나는 농장 주인의 퀴즈를 맞혀 직접 만드신 딸기잼을 상품으로 받았다. 아이들을 위한 퀴즈인데 어른이 맞추면 어떡하냐고 주인께서 눈치를 주셨고 그 잼마저도 그녀가 미국으로 가져가 버렸다.

그날 저녁 우리는 평택에 있는 누님 집에서 매형과 맛있는 저녁을 먹으며 하루를 보냈다. 다음날 6시, 우리는 인천 공항으로 향했고 공항에 도착할 때까지도 우리는 당분간 떨어져 지내야 한다는 사실을 실감하지 못했다.

모든 수속을 끝낸 후 그녀가 비행기를 타기 전, 나는 그녀에게 내가 끼고 있던 반지를 주었다. 그 반지를 보고 그녀는 눈물을 글썽거렸고, 나는 그제서야 실감이 나기 시작하였다. 평생 못 보는 것도 아닌데 우리는 무엇이 그렇게 심각했을까?

그녀를 보내고 다시 홍천으로 오는 길이 왠지 멀게 느껴졌다. 함께 있을 때 좀 더 잘해줄 걸 하는 아쉬움과 당분간 만나지 못할 것이라는 생각이 들자 코끝이 찡해졌다.

다시 만나는 날 멋진 모습으로 나타날게! 건강히 잘 지내!

잠시뿐인 이별

어느덧 미국에 가는 날이 다가왔다. 우리는 늦지 않게 인천 공항에 도착하여 모든 절차를 미리 끝내 두었다. 공항 검색대를 통과하기 전 정환은 그동안 우리들의 행복했던 순간들을 선물하고 싶었다며 작은 앨범을 건네주며 비행기 안에서 보라고 권유했다.

검색대를 통과하기 직전 정환은 바리게이트를 거의 넘다시피 다가와 돌아가신 그의 아버지께서 남겨주신 반지를 내게 건네주었고 잘 가라는 말과 함께 멀어져갔다. 그가 정말 아끼던 반지라는 생각과 동시에 눈물이 터져 나왔다. 주변에 정말 사람이 많았기 때문에 지금은 울면 안 된다고 스스로를 다그쳐도 흐르는 눈물을 멈출 수 없었다.

비행기에 탑승하자마자 그가 준 앨범부터 확인했다. 우리의 짧은 역사들이 작은 앨범에 들어있는 게 신기하기도 했고 모든 사진마다 자필로 코멘트를 남겨둔 그의 정성이 고맙기도 했다. 맨 뒷장에 두 장의 편지가 있었는데 주 내용

오빠가 선물해준 앨범. 그는 항상 기쁨의 눈물을 흘리게 한다.

은 미국 가서 바람 피우지 말고 꼭 한국에 다시 돌아와야 한다는 반 협박의 내용이었다. 감동을 주다가 마는 우리 까만 오빠…

오랜만에 집에 가는 정말 기쁜 날인데 오빠 덕분에 정말 많이도 울었다.

금방 돌아갈게! 건강한 모습으로 다시 만나자!

PART 2.

재회

미국 여행의 결심

그녀가 미국으로 떠난 지 어느덧 2주가 지났다. 그동안 못 만났던 사람들도 만나고 운동, 독서 등 내가 하고 싶은 모든 것을 할 수 있었다. 이런 게 자유인가? 라는 생각과 동시에 그녀에 대한 그리움이 깊어갔다. 시차가 13시간이 나기 때문에 전화하는 것도 쉬운 일이 아니었다.

어느 날 그녀가 내게 100일 때 준 100장의 편지를 다시 읽다가 문득 '미국에 가야겠다'라는 생각이 들었다.

하지만 군인의 신분으로 명분 없는 해외여행은 쉽지 않았기 때문에 나는 전역 후 취업을 목적으로 간다고 보고를 했다. 10년 혹은 20년 후에 미국에서 취업하면 이 여행과 1%라도 연관이 있는 것이라고 생각했기 때문에 비겁한 변명을 하였다.

군인으로서 해외여행을 하기 위해서는 정말 많은 것들이 요구되었다. 수많은 서류 작성, 보안 교육, 가장 힘들었던 것은 부대장에게 결재를 받는 것이었는데 워낙 꼼꼼하신 분이라 한 글자의 오탈자도 용납을 하지 않으셨다. 우여곡절 끝에 모든 준비가 완료되었고 출국 날짜는 점점 다가왔다.

혼자 하는 여행이 처음이라 인천공항 및 항공사에 10번도 더 전화하여 똑같은 질문들을 되풀이하는 등 지금 생각하면 굉장히 창피한 행동들을 했었다.

우여곡절 끝에 미국에 도착했고 모든 게 영어였다. 나는 어디로 가야 하는지, 어떻게 가야 하는지 도저히 알 수가 없었다. 긴장을 너무나 많이 한 탓에 Information Center에 가서 'Can you help me?'가 아닌 'Can I help you?'라고 이야기를 하여 Information officer와 나 자신 모두 당황하게 만들기도 했다.

정말 여러 직원에게 물어본 끝에 결국 그녀를 찾을 수 있었다. 그녀를 다시 만났을 때 15시간의 비행 끝에 기름 가득한 나의 머리, 얼굴과 피곤에 절은 나의 모습이 너무 창피하여 반가움보다는 어디든 숨고 싶었다. 편한 비행을 위하여 츄리닝과 슬리퍼를 착용했었고, 그녀의 Full make up과 멋진 스타일이 나를 더욱 초라하게 만들었는지도 모른다.

그녀는 이런 초췌한 나를 보고 싶었다며 꼭 안아주고 "와줘서 고마워, Welcome to America!"라고 하였다.

우리는 곧 그녀의 집으로 향했고 가는 동안 '풍경이 정말 아름답다'는 생각을 했다. 나의 꼬질꼬질한 모습을 그녀의 부모님께 보이고 싶지 않았기 때문에 나는 곧바로 샤워부터 했다.

그녀의 부모님이 곧 오신다는 말에 나는 즉시 네이버 지식인에 '외국인 부모님 만났을 때' '미국인 부모' 등등을 키워드로 검색했지만 아무것도 찾지 못했다. 결국 나는 될 대로 되라는 심정으로 그녀의 부모님께 인사를 드렸고 부모님께서는 "만나서 반갑다. 비행 힘들지 않았냐? 있는 동안 즐겁게 지내자" 등 인사를 나누고 저녁 식사를 준비하셨다.

한국 드라마 같이 여자친구의 집에 찾아가면 바짝 긴장한 채로 아버님과 소주를 마시며 "직업은 뭔가? 부모님은 어떤 일을 하시

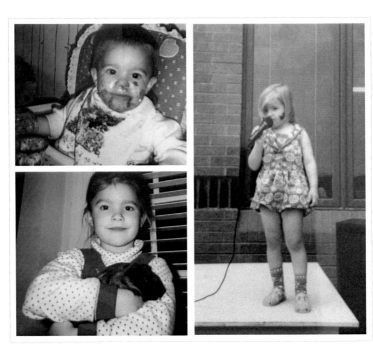

어린 시절의 그녀

나?" 혹은 "자네는 우리 딸의 어떤 점이 좋은가?" 등의 질문을 받는 상황은 다행히도 생기지 않았다.

　그날 저녁 아버지는 치킨 스테이크를 구워주셨고 우리는 마당에서 TV에서만 보던 웨스턴 스타일의 저녁 식사를 했다.

나는 한국에서 미리 질문, 답변 리스트를 준비했지만 예상치 못한 질문을 하서서 횡설수설하며 손, 발을 다 써가며 콩글리시, 바디랭귀지를 구사하였다. 못난 나의 영어에도 불구하고 그들은 미소지으며 대화를 이어가려고 노력하였고 다행히 그날은 식은땀을 흘리지 않고 넘어갔다.

이렇게 미국에서의 첫날을 무사히 마무리 지을 수 있었다.

그녀의 부모님

앞서 말한 것처럼 미국의 부모님들은 한국의 부모님들과는 느낌이 사뭇 다르다. 한국에서는 결혼 전 남자친구 혹은 여자친구 집에 방문하여 부모님께 소개시켜 드리고 상대방이 어떤 사람인지 최대한 어필한다.

그러나 미국 같은 경우에는 남자친구를 데려오든, 여자친구를 데려오든 크게 신경쓰지 않는다. 간단히 인사를 하고 '너희들 알아서 재미있게 놀아라' 마인드다.

그래서인지 천하 겁쟁이인 나도 많은 긴장을 하지 않았고 즐거운 시간을 보낼 수 있었다.

그녀의 아버지는 IBM에서 20년 이상 근무 후 교수 생활을 하고 계시고 어머니는 중학교, 고등학교에서 수학 선생님으로 근무하시다가 교수 생활을 하고 계신다.

그녀는 자신의 부모님께서 자녀들의 교육에도 많이 신경 쓰셨지만 자녀들의 선택과 의견을 언제나 존중하셨으며 자신이 세상에서 가장 사랑하고 존경하는 분이라고 했다. 그녀는 부모님들이 언성을 높이며 논쟁을 하는 것을 단 한 번도 본 적이 없다고 한다. 그녀 또한 내게 짜증 한 번 낸 적이 없다. 그 대신 많이 우는 편이다.

어머니께서는 나에게 집에서 쿠키와 과자 만드는 방법을 알려주시며 나중에 그녀와 결혼하게 되면 반드시 오븐을 구입해서 아이들에게 쿠키를 만들어 주라고 농담처럼 이야기하셨다. 한국 같은 경우는 오븐이 흔하지 않기 때문에 함께 쿠키를 만드는 경험을 하기가 어렵기 때문에 굉장히 즐거웠고 따뜻한 쿠키는 시중에서 파는 쿠키와는 차원이 다를 정도로 맛이 있었다.

아버지께서는 내가 머무르는 동안 항상 치킨, 스테이크 등을 구워주셨다. 아버지께서 항상 가장 큰 부분을 내게 주신 걸 보면 나를 마음에 들어 하시지 않았을까 하는 생각도 든다.

그녀의 집을 방문하기 전, 어떤 선물이 기억에 남고 좋을까 수없이 고민하다가 한지로 만든 태극 부채와 한국 전통 떡을 구매해 갔고 다행히도 부모님들께서 아주 좋아하셨다. 외국 사람들은 싫은 표현을 잘 안 하기 때문에 정말 좋아하셨는지는 모르겠다.

그녀의 집에서 3일을 지낸 후 마지막 날 나는 부모님들에게 '영어'로 감사 편지를 쓰고 몰래 테이블에 올려두었다.

다음 날 5시에 출발하는데도 불구하고 두 분 모두 일찍 일어나서서 배웅해 주시며 다음에 꼭 다시 만나고 싶다고 포옹해주셨다.

3일간의 짧은 만남이었지만 정이 많이 들었고 몇 년 뒤 나의 장인어른, 장모님이 되었으면 좋겠다는 생각을 하였다.

어머님! 아버님! 다시 만나는 그 날까지 건강하세요. 카일리는 제가 잘 보살피겠습니다.

너무 따듯하게 대해 주신 그녀의 부모님

미국의 집

그녀의 친구

미국에서 일주일간 있는 동안 세 명의 친구를 만났다. 즐거웠던 기억도, 씁쓸했던 기억도 있다.

첫 번째 친구는 노스캐롤라이나에서 만난, 카일리의 Best Friend인 메리와 그의 남자친구 마크였다. 첫 친구들이라 그런지 굉장히 긴장이 되었지만, 그녀는 나를 보자마자 여자친구가 아닌 나에게 먼저 포옹을 하며 반갑게 인사해 주어 그나마 긴장을 덜 할 수 있었다.

그녀의 남자친구는 미국 특전사로 복무하고 있으며 한국어를 배우고 있어 나와 통하는 점이 굉장히 많았고, 이전에 그에게 소포로 만화책을 선물한 적이 있어서 우리는 금방 친해질 수 있었다.

어색할 줄 알았지만 너무 친절하고 유쾌했던 친구들

우리는 맛있는 저녁을 먹고, 맥주를 마시며 우리가 어떻게 만났는지, 앞으로의 미국 일정은 어떻게 되는지 등등의 이야기 하며 2시간 동안 행복한 시간을 보냈다. 처음 만났는데도 불구하고 너무나 즐거웠다.

두 번째로는 하버드 로스쿨에 다니는 리치라는 친구를 만났다. 보스턴 관광 겸 함께 시간을 보내기로 했다. 오전에 그의 집에 들러 이야기하는 도중 그는 여자친구에게 하버드 기념품을 선물하려고 하였고, 그녀는 거절하였다. 그는 나에게 물었고 알겠다고 답하자 그 기념품을 내게 던졌다. 세게 던지지는 않았지만 바닥을 뒹굴었다. 나는 기분이 조금 상했지만 크게 내색하지 않았다.

그날 저녁 함께 저녁을 먹으러 가는 길, 저녁 먹는 동안 그는 나에게 단 한마디도 건네지 않았고 나는 어색함이 싫어서 여러 가지 질문을 했고 그때마다 여자친구에게 말할 때와 다른 굉장히 빠른 속도로 내게 답변을 하고 나는 알아듣지 못하여 대화가 이어지지 않았고 그는 오직 여자친구하고만 대화하려고 들었다.

나는 그때부터 빈정이 너무 상해서 단 한마디도 하지 않고 여자친구의 이야기에도 답변하지 않고 혼자 술을 마셨다. 결국 술자리는 어색하게 깨져버렸고 이 사건은 무시당하지 않기 위해서 더욱 열심히 공부해야겠다는 강한 동기가 되었다.

이후 한국에 있는 미국인 친구들에게 나의 굴욕적인 이야기를 일러바쳤고 그들은 아직 미국에 인종차별주의자들이 있다며 대신 사과하였고 그를 "Fuck that guy"라고 부르면 된다고 하며 나를 위로하였다.

마지막으로 쌤이라는 친구이다. 그녀와 같은 학교는 아니었지만 같은 전공(Film)으로 프라하에서 만나게 된 친구라고 하였다. 그녀는 어제 일을 사과하며 이 친구는 정말 'Nice guy'이며 모두가 좋아하는 친구라고 하였다.

그녀의 말대로 그는 정말로 'Nice guy'였고 우리는 그가 만들고 있는 영화 이야기를 하며 정말 즐거운 시간을 보냈다. 또한 그는 내년 즈음에 한국을 여행하고 싶다고 해서 방문하게 되면 맛있는 음식을 많이 사주겠다고 약속하였다. 짧은 만남이었지만 이 친구와는 정말로 친구 하고 싶다는 생각이 들 정도로 정말 좋은 사람이었다.

집에 돌아가는 길에 나중에 시간이 흐른 후 그녀의 친구들을 더 많이 소개 받고 더 즐거운 시간을 보내게 되었으면 좋겠다는 생각을 했다. 언젠가 그렇게 되겠지.

그의 가족들

작년 12월, 그의 가족을 처음 만났을 때 나의 한국어 실력은 식당에서 음식을 주문하는 수준밖에 되지 않았기 때문에 어떤 말을 해야 할지 도저히 감이 오지 않았다.

그의 부모님을 만나기 전 그의 누나와 남편과 함께 식사할 기회가 있었는데, 서로 말이 통하지 않으니 우리 네 명 모두 술만 급하게 마셨고, 정환의 통역은 점점 엉망이 되어갔다.

식사를 마친 후 나는 "잘 먹었습니다"라고 한마디 하였고 다행히 나의 서툰 한국말에 웃어주었다. 분위기가 조금 가벼워져 우리는 그들의 집에서 한잔 더 하기로 하였고 술이 조금 더 들어가자 두 분은 서툰 영어지만 끊임없이 질문하며 즐거운 분위기를 유지하려고 노력해주셨다.

그들에게 좋은 첫인상을 주려고 노력했지만 대화가 통하지 않으니 뾰족한 방법이 없어 그들이 웃을 때 함께 웃고, 그들이 건배할 때 함께 건배했다.

누나와의 만남 이후 정환은 부모님과의 만남을 주선하려 하였지만 부모님을 만나는 것은 아직 너무 어려워서 한글을 조금 더 공부한 후 만나고 싶다고 거절하였다.

2016년 4월 한국에 다시 돌아왔을 때 정환의 친구 결혼식 참석 겸 부모님께 인사를 드리기로 결심했다.

강원도 춘천에서 약 5시간 정도 운전을 해서 그의 부모님 댁에 도착하였다. 그의 어머니께서 활짝 웃으시며 반겨주셨고 나는 한국말로 "안녕하세요"라고 어색하게 인사드렸다.

나는 어색함을 달래기 위해 미국에서 사온 캔들 두 개를 드리며 "선물입니다"라고 긴장된 목소리로 말했고 어머니는 "Thank you, thank you"라고 웃으시며 대답하셨다.

그 후 어머님께서 아버지의 새로운 사업장을 구경시켜 주시겠다며 우리를 데리고 집을 나섰다.

그의 아버지께 한국말로 자기소개를 했어야 했는데 어색해서 우물쭈물하며 서 있었다. 아버지는 자기 자신을 가리키며 "mother, gentleman"라고 하셨다. 아버지께서 웃기시려고 그런 건지 아니면 실수로 'mother'라고 하신 건지 아직도 잘 모르겠다. 모두가 한바탕 웃었고 그의 어머니는 엄마가 'mother'이고 아빠가 'father'라고 지적하셨다.

그의 가족들과 함께했던 즐거웠던 시간들

은지 언니가 차려주신 밥상, 언제나 한 상 가득 주신다.

　이날 이후 나는 그의 가족들과 4번을 더 만나고 그때마다 정말 즐거운 시간을 보냈다. 그들이 나를 정말 좋아하는지는 잘 모르겠지만 한국어를 더 열심히 배워서 더 가까운 사이, 마음이 통하는 사이가 되도록 노력할 것이다.

나의 두 번째 추석

한국에 있는 동안 총 2번의 추석을 보냈다. 2015년에는 고향에 갈 수 없는 외국인 선생님들과 울릉도와 독도를 방문했고 올해는 정환이 그의 할아버지 댁인 부안에 초대해서 그의 가족들과 함께 즐거운 '진짜' 추석을 보낼 수 있었다.

부안에 도착했을 때 그의 작은아버지와 작은어머니(처음에 키가 작아서 작은아버지, 작은어머니인줄로만 알았다)께서 우리를 반갑게 맞아주셨다. 저녁 식사를 정말 푸짐하게 먹은 후 작은어머니께서 마당에서 '가볍게' 맥주 한잔 하자고 제안하셨고 곧 꽃게, 새우, 과일 등을 정말 많이 가져오셨다(한국 사람들은 어떻게 이렇게 많이 먹는지 지금도 이해할 수 없다). 우리는 어색한 언어의 장벽을 허물기 위하여 모두 과음을 하였다. 술은 사람들을 친해지게 만드는 힘을 가지고 있다.

다음 날 아침 우리는 굉장히 일찍 일어나서 '제사'를 준비해야 했다.

나는 정환이 시키는 대로 나무 접시들을 깨끗하게 닦으며 가족들을 최대한 도와주었다.

처음 준비하는 신기한 제사상

그의 동생과 함께한 격포 나들이

모두가 함께한 즐거운 바베큐 파티

나는 추석이 미국의 '추수감사절'처럼 맛있는 음식을 준비하여 다같이 맛있게 먹는 의미에서 어느 정도는 비슷하다는 것을 알고 있었지만 돌아가신 조상님께 음식을 준비하여 감사를 표한다는 사실은 이날 처음 알았다. 한국 사람들이 지금도 영혼을 믿는지 안 믿는지는 잘 모르겠지만 그래도 자신들의 조상님에게 감사하는 문화는 좋은 문화 같았다.

작은어머니께서 요리를 끝내신 후, 작은아버지께서는 어떠한 '패턴'에 따라 음식을 정리하셨고 정환은 내게 같이 절하라고 권유하였다. 한 번도 해본 적이 없어서 우물쭈물하는 동안 정환의 할아버지께서도 한번 해보라고 말씀하셔서 어색하게 절을 하면서도 내가 하는 게 맞는지 주변 사람들을 몰래 훔쳐보며 따라했다(아마도 굉장히 어색하게 보였을 것 같다).

그날 오후 20명이 넘는 가족들이 할아버지 댁에 모였고 나는 가족들의 주목을 한눈에 받았다. 가족들이 정환에게 여자친구 한국말 할 줄 아느냐고 물어보셔서 내가 먼저 그동안 배운 한국어로 어색한 자기소개를 했고 다행히도 모두가 좋아하셨다. 그리고 저녁에 우리는 바비큐 파티를 하며 다시 한 번 언어의 장벽을 허물기 위한 '의식'을 치뤘다.

그가 처음에 이곳으로 초대했을 때 정말 많은 걱정을 했는데 가족들을 만난 후 괜한 걱정을 했다는 생각이 들었다. 2박 3일간 '제사'라는 새로운 문화도 배우고 너무 즐거운 시간을 보냈다.

모두 정말 감사했습니다!

그의 전역

Last Day of Military Service. 그의 전역 날이 돌아왔다. 그는 군에서 많은 것들을 배웠지만 군에 남기보다는 더 많은 경험을 하며 살기를 원했기에 나는 그의 선택을 존중하였고 그가 전역하였을 때 나는 그의 새로운 시작을 진심으로 축하해 주었다.

그에게 전역한 것이 아쉽지 않냐고 물었을 때 그는 "새로운 삶에 대한 열망이 너무나 컸기 때문에 크게 아쉽지 않다"라고 이야기하였다.

그는 군에서 작별 인사를 마치고 바로 우리 학교로 찾아와 그동안 군인인 자신과 만나주고 기다려주어서 고맙다며 꽃다발을 선물하였다. 꽃을 받아야 할 사람은 정작 본인인데 불구하고 내게 선물하는 그를 사랑하지 않을 수 없었다.

그는 단 한 번도 전투복을 입고 데이트를 한 적이 없었는데 오늘이 마지막이니 전투복 데이트를 해보고 싶다며 전투복 차림으로 시내로 향했다.

군에서의 마지막 날

그는 올드한 웨스턴 스타일의 양식집에 나를 데려가 돈가스와 함박스테이크를 먹었다. 밥을 먹는 동안 그의 누나가 그의 전역을 축하하기 위하여 '급 모임'을 제안하였다. 비록 그의 가족들을 몇 차례 만나 보았지만 언어라는 장벽 때문에 어색한 점이 있지만 그래도 정말 좋은 사람들이기에 나도 기꺼이 따라나섰다.

우리는 가평의 한 펜션에서 모두 모여 바비큐 준비를 하였다. 우리는 삼겹살, 목살, 새우, 백숙, 라면 등을 먹으며 그의 전역을 축하하며 배가 아플 때까지 먹었다. 한국 사람들은 미국 사람들이 정말 많이 먹는다고 생각을 하는데 미국 사람들은 생각보다 그렇게 많이 먹지 않는다.

저녁 식사를 마친 후 그의 아버지께서 노래방에서 한 시간 놀다 오자고 제안하였고 모두가 따라나섰다. 그가 잠시 어디론가 가는 듯하더니 샴페인과 오징어를 구입해 왔다. 그는 몇 번의 시도 끝에 샴페인을 나와 정환의 얼굴에 정확히 터뜨릴 수 있었다. 비록 우리는 흠뻑 젖었지만 그 덕에 모두가 한참을 웃으며 즐거워했다.

한창 다 같이 웃으며 즐기는 도중 정환은 자신의 앞으로의 계획에 대하여 가족들 앞에서 이야기하였고 어머니와 누나는 눈물을 보였다.

무거웠던 분위기는 잠시, 정환의 누나와 그의 남편은 클럽에서나 출 법한 댄스를 추었고 그의 부모님도 신나게 커플 댄스를 추셨다.

펜션에 돌아와 그의 가족들이 누가 영어를 제일 잘하는지 테스트를 해달라고 하셔서 기본적인 질문을 누가 먼저 맞추는지 5개의 퀴즈를 내었고 결국 그의 누나가 1등을 하였다. 100퍼센트 언어가 통하지 않았지만 만날 때마다 나를 가족처럼 대해 주시는 그의 가족에게 언제나 감사한 마음을 가지고 있다. 나의 목표는 한국어를 열심히 배워 그들과 더 즐겁게 시간을 보내는 것이다.

같이 삽시다

한국 남자

9월 30일 전역을 한 후 우리는 뉴질랜드에 갈 때까지 함께 살기로 결정했다. 대학교 때 이후로 남들과 함께 살아본 적이 없어서 걱정이 앞섰지만 그래도 항상 함께할 수 있다는 사실에 즐거웠다.

군인이라 그런지 다행히 나의 짐은 옷 몇 벌과 책 몇 권뿐이었기에 이사하는 데에 큰 어려움은 없었다.

그녀, 나 그리고 우리 강아지. 이렇게 셋이서 지내는 시간이 너무나 평화로워 이런 게 행복이구나 하는 생각도 잠시뿐, 같이 살기전 보이지 않던 서로의 단점들이 보이기 시작했다.

나에게는 5년간 군 생활을 하며 얻은 '쓴 물건은 바로바로 제자리에', 그녀는 '쓴 물건은 바로바로 그곳에' 두는 서로 대조되는 습관 때문에 서로 간의 마찰이 잦았다. 이 글을 쓰는 날도 내가 집 정리를 하고 나왔다.

바로바로 정리하지 않으면 환경이 나빠지고 환경이 나빠지면 어떤 일에도 집중하기 힘들고 병에 걸릴 수 있으며 성공하는 사람들은 자기 자리를 항상 깔끔하게 정리한다, 나중에 우리 아이들 키울 때도 이렇게 살 것이냐 등등의 나름의 논리적으로 그녀를 공격 혹은 설득하려 했지만 상황만 더욱 악화될 뿐이었다.

대판 싸운 후 우리는 하루종일 단 한마디도 나누지 않았다. 그날 저녁 나는 그녀에게 우리가 가장 좋아하는 호프집에서 맥주 한잔 하자고 제안하였고 그녀는 순순히 응해주었다. 나는 서로 생각하는 게 다른데 나의 요구사항을 강요해서 미안하다고 사과하였고, 함께 하기 시작한 지 아직 한 달도 안 되었는데 이렇게 자주 싸우다가는 뉴질랜드에서의 우리의 삶이 쉽지 않을 것 같다고 서로 양보하며 살자고 제안하였다.

그녀는 웃는 것도, 우는 것도 아닌 표정을 지으며 자신도 미안

조용할 날 없는 우리의 일상

하다고 하며 자신에게 세상에서 가장 어려운 일이 정리하는 거라서 너무 힘이 든다고 끝까지 우기는 바람에 결국 청소 및 정리는 내가 하고, 요리와 빨래는 그녀가 하는 것으로 합의를 보았다. 반반처럼 보이지만 그녀는 집 어지럽히는데 국가대표 수준이다.

약 두 달 가까이 살아가며 아직도 여러 가지 문제가 발생한다. 25년 이상 각자의 방식대로 살아왔는데 모든 것을 원하는 대로 맞출 수는 없다. 하지만 서로 이해할 것은 이해하고 맞춰줘야 할 것은 맞추는 것이 평화롭게 살 수 있는 비결 중 하나인 듯하다.

사랑하는 사람과 함께 사는 것은 쉬운 일이 아니다. 하물며 국적이 다른 사람과 함께 사는 것은 더욱 힘들다. 사랑의 힘으로 모든 것이 해결될 것이라고 생각한다면 정말 큰 오산이다.

싸우는 것을 두려워하지 말고, 지속적으로 대화하며 어떤 부분을 고쳐나가야 할지 찾는 게 더욱 중요하다.

미국 여자

그의 5년간의 군 복무가 끝났으므로 그는 더 이상 군 숙소에 거주할 수 없게 되었다. 우리는 뉴질랜드에서 1년간 함께하기로 했기 때문에 출국 전에 2달 정도 함께 살아보는 것도 좋을 것 같았다.

그를 위하여 많은 공간을 만들어두었지만, 가져온 것은 100권이 넘는 책과 옷 몇 벌 뿐이었다.

그와 항상 함께할 수 있다는 행복에 젖은 것도 잠시, 그는 아침 6시 전에 일어나서 영어 공부를 하는 아침형 인간이고 나는 특별한 일이 없으면 9시까지 잠을 자는 올빼미형 인간이다.

취침 시간은 크게 문제가 되지 않지만 아침마다 그의 샤워하는 소리와 식사하는 소리에 자연스럽게 일어나게 된다. 또한 나는 잠들기 전 낱말맞추기 게임을 해야 하는데, 그는 이야기하면서 잠들고 싶다고 휴대폰을 빼앗곤 한다. 반면에 나는 습관이 되어서 이 게임을 해야 바로 잠드는 편이다.

여기까지는 양보할 수 있다. 그를 사랑하니까. 하지만 그는 군 생활을 너무 오래한 나머지 하루 한 번 이상을 청소하지 않으면 공부나 독서에 집중을 못 하는 스타일이다. 식사 후에도 곧바로 설거지해야 하고, 옷을 갈아입어도 바로바로 정리하는 내가 세상에서 가장 싫어하는 스타일이다.

나는 방이 좀 어지럽긴 해도 더럽게 살지는 않기 때문에 크게 문제가 되지

그가 가져온 100권이 훨씬 넘는 책들. 그는 아끼는 책을 제외하고 모두 기부하였다.

않는다고 생각하지만, 그는 어지러운 게 더러운 거라고 항상 이야기한다. 그의 생각은 다른 것 같다.

청소 문제 때문에 정말 많이 다투었지만 25년간 이렇게 살아왔기 때문에 쉽사리 고쳐지지 않는다.

네가 죽든지 내가 죽든지… 한번 해 봅시다. ^^

그의 생일

당신이 만약 이 글을 처음부터 읽었다면 내가 작년 정환의 생일 직전에 만났고, 생일에 만나자는 그와의 약속을 깨버렸다는 이야기를 알 것이다. 나는 그에게 생일 선물로 가지고 싶은 게 있냐고 물었고, 그는 끝까지 없다고 하였다.

나는 그의 생일날 평소보다 조금 더 일찍 일어나 그에게 정성스러운 편지와 그가 가장 좋아하는 레몬티를 준비해두었다.

수업이 끝난 후 우리는 집 근처의 케이크를 만들 수 있는 곳에서 우리만의 케이크를 만들어 보기로 했다. 처음에는 우리 둘 모두 케이크을 만들어 본 적이 없어서 허둥지둥 댔지만 끝나고 나니 그래도 봐 줄 만했다. 정환은 케이크에 '통역관'이라는 글자를 새겼다.

저녁 식사 후 그가 샤워하는 동안 나는 불을 꺼놓고 케이크를 준비했다. 그가 나오자마자 나는 폭죽을 터뜨리고 'Happy birthday to you'라는 노래를 불러주었다.

처음으로 함께한 그의 생일, 그가 언젠가 통역관이 되리라 믿어 의심치 않는다

우리 둘(강아지까지 셋)만의 아름다운 생일이다. 작년에는 함께하지 못해서 그의 생일을 생각하면 항상 미안했었는데 이번에는 함께 식사도 하고 케이크도 챙겨줄 수 있어서 참 다행이라는 생각이 들었다.

내년, 10년, 20년 후에도 그의 생일에 함께하고 싶다.

우리의 1주년

한국 남자

우리가 사귄 지 어느덧 1년이라는 시간이 지났다.

1년 동안 마음이 여린 그녀를 참 많이도 울렸던 것 같다. 오해 금지. 그녀는 나와 마찰이 생기면 곧잘 우는 편이다.

연애 초기에 미국인 여자친구와 사귀는 방법, 미국 여자의 특징 등등 미국인에 관한 수집할 수 있는 정보는 모조리 수집하며 적용 하는 등 엄청난 노력을 해왔고 그 결과 1년 동안 사랑할 수 있었다.

백수인 우리는 거창하게 파티를 하기보다는 춘천에 나가 바람을 쐬고 들어오기로 했다.

나는 그녀에게 우리가 100일 때 구매한 커플티를 입자고 제안하였다. 간만에 추억의 셔츠를 입고 1주년을 기념하려고 하니 기분이 새로웠다.

식사한 후 우리는 처음 만났던 홍천의 작은 카페에서 우리의 1년 전 사진을 보며 웃기도 하고, 서로를 흉보기도 하며 너무 즐거운 시간을 보냈다.

우리가 1년이라는 시간을 함께할 것이라고 그 누구도, 우리 둘마저도 하지 않았던 생각이었는데 참 신기하기도 하고 한 번씩 믿기지 않을 때도 있다.

사람 일은 모르는 거라고 하지만 나는 그녀와 10년, 30년, 50년 그리고 그 이상 더 함께하고 싶고, 그렇게 될 수 있도록 더 노력할 것이다.

카일리! 언제까지나 함께하자! 사랑해!

미국 여자

우리는 1주년을 기념하는 데에 있어 의견을 서로 달리했다.

미국에서는 2015년 10월 25일에 연애를 시작했으면 1주년을 2016년 10월 25일에 기념을 한다. 그러나 정환은 정확히 365일 후인 2016년 10월 23일이어야 한다고 하여 우리는 고민 끝에 정환의 룰에 따르기로 하였다. 그 대신 마사지 20분 쿠폰을 얻었다.

그날 오전 나는 부모님과 애플리케이션을 이용하여 화상 통화를 하고 있었다. 그는 세면도 하지 않았기에 오늘은 인사하지 않겠다고 내게 미리 이야기하였다. 그가 모니터 화면에 비추어지지 않게끔 방바닥을 기어서 화장실에 가는 모습을 부모님께서 보시고 "저 친구 지금 뭐하는 거냐"라고 하시며 엄청 웃으셨다.

정환은 머리에 새집을 지은 채 머쓱한 웃음을 지으며 "오늘 아침 씻지 않아서 인사 하기가 민망했다"며 자초지종을 설명했다.

11시쯤 우리는 100일 기념으로 구입한 노란 커플티를 입고 춘천으로 향했다. 오래간만에 함께 이 옷을 입고 데이트를 하니 100일 때의 즐거웠던 기억이 떠올라 미소가 지어졌다.

우리는 회전 초밥집에서 점심을 먹으며 예전에 이곳에 처음 왔을 때 이야기를 나누었다. 그는 마지막이라고 하며 정말 끝없이 먹었다.

식사를 마치고 나오니 밖에 비가 꽤나 많이 내리고 있었다. 1주년을 기념하러 나왔는데 바보처럼 비 맞고 다니고 싶지 않아서 우리는 문구점에 들러 우산과 조금 이른 2017년 포켓 달력을 구입했다.

그는 느끼한 표정과 말투로 "나와 2017년 10월에도 함께해 줘"라고 말했고 나는 일부러 웃으며 대답하지 않았다. 2100년까지 함께할 거니까.

그는 1주년을 기념할 수 있는 커플티를 입고 싶다며 한 매장에 들어갔다.

노란색의 확 튀는 커플티를 입은 두 명이 또 다른 커플티를 찾으니 직원이 웃겼는지, 요즘에는 완전 똑같은 것보다는 색깔을 달리 입거나 비슷한 디자인으로 많이 입는다고 추천하였지만 정환의 고집은 누구도 꺾을 수 없기에 우리는 결국 같은 옷으로 구매를 하였다.

새 옷을 입은 정환은 정말 축구 선수 같았다. 하지만 발이 세모인 그는 나보다 더 공을 못 찬다.

우리는 커플티를 입고 우리가 처음 데이트를 했던 사랑스러운 카페에서 커피를 마시며 지난 1년 동안의 추억에 잠겼다. 우리의 이야기를 글로 쓰며 고작 1년 동안 그와 정말 많은 일을 해내었고 1년이라는 시간이 정말 한순간처럼 짧았던 것 같다는 생각이 들었다.

　　과연 우리처럼 이렇게 우연히 만나 깊은 사랑을 하는 커플이 있을까 싶을 정도로 믿을 수 없는 만남이다. 우리의 첫 만남을 이야기하면 그는 지금도 '용기 있는 자가 미인을 얻는 법이다'라는 정말 멋없는 말을 한다.

　　이렇게 깊은 관계가 되기까지 정말 많은 아픔, 언어와 문화의 장벽 같은 것들을 겪었지만 그 과정 속에서 우리의 관계가 더욱 단단해진 듯하다.

　　2017년 10월 말, 우리는 함께 독일로 가기로 했다. 그때도 행복한 2주년을 맞이할 수 있기를. 언제나 행복하자! 아프지 말고!

한글을 배우기로 결심한 계기

내가 한국 사람들에게(혹은 미국사람들에게) "한국어를 배우고 있다"라고 이야기하면 "왜 한국말을 배워? 한국은 작은 나라이고 한국어를 쓰는 나라는 세계 어디에도 없잖아?"라고 반문한다.

많은 사람이 내가 시간을 낭비하고 있으며 스페인어나 중국어를 배우는 게 훨씬 효율적이라고 이야기한다.

게다가 서양 사람 중 한국말을 쓰는 사람은 굉장히 드물고 강원대학교의 400명의 외국인 중 미국인은 나 단 한 명뿐이다.

하지만 내가 한국어라는 언어를 배우는 이유는 사람들이 많이 사용하기 때문도, 취업을 위해서 배우는 것도 아니다.

많은 서양 사람들이 한국에 1~3년 영어를 가르치고 본국으로 돌아간다. 이후에는 한국이라는 나라는 '돈을 벌기 위해 잠깐 머물렀던 나라'라는 기억으로 남는 것이 대부분이다. 그러나 나는 한국이라는 나라에서의 시간들을 더 오래 간직하기 위하여 한국어를 배워야겠다는 생각을 하게 되었다.

사실 한국에 처음 왔을 때, 나는 독학으로 많은 공부를 하려고 시도하였으나, 학교에서 아이들을 가르치는 일 그리고 앞으로의 인생을 어떻게 살아가야 하는지에 대한 고민에 시간을 많이 쓰게 되었고 내가 생각했던 만큼 공부하지 못했다.

그때 영어와 독어를 사용하며, 아시아 국가 중 1개 이상의 언어를 구사하는 대학원생들에게 장학금을 지원한다는 대학 공지사항을 읽게 되었고, 한국어도 배우고 대학원도 진학하고 한 번에 두 가지 기회를 잡을 수 있을 것 같다는 생각에 강원대학교에 진학하게 되었다.

물론 중국어를 배웠다면 대학원을 졸업하고 더 많은 기회와 혜택을 누릴 수도 있었겠지만 나의 인생 방향을 정환과 최대한 맞추기 위하여 한국어를 선택했다.

만약 내가 한국어를 배우지 않았더라면, 앞서 말했다시피 나의 한국에서의 경험은 영어를 가르치고 돈을 받는 것으로 끝이 났을 것이며, 정환과 항상 영어로만 대화하는 것은 조금 불공평하다고 생각했다.

또한 한국어를 배우지 않았다면 그의 가족들, 친구들과 더욱 깊은 관계를 맺지 못 했을 거라고 생각한다.

Modal Verbs

to be allowed to (may)　　　　　　A/V + 아/어도 되다
to not be allowed to (may not)　　A/V + (으)면 안 되다
　　　　　　　　　　　　　　　　해도 돼요 / 가 돼요 / 먹어 돼요
　　　　　　　　　　　　　　　　하면 안 돼요 / 먹으면 안 돼요

to have (verb)　　　　　　　　　V + 아/어 보다
to not have (verb)　　　　　　　못 V + 아/어 보다
　　　　　　　　　　　　　　　　해 봤어요 / 가 봤어요 / 먹어 봤어요
　　　　　　　　　　　　　　　　못 해 봤어요 / 못 가 봤어요

to have to (must)　　　　　　　V + 아/어야 하다 / 되다
to not have to (must not)　　　안 V + 아/어야 하다 / 되다
　　　　　　　　　　　　　　　　해야 돼요 / 가야 해요 / 먹어야 돼요
　　　　　　　　　　　　　　　　안 해야 돼요 / 안 먹어야 해요

to not be able to (can't) (1)　　못 + V
　　　　　　　　　　　　　　　　못 해요 / 못 가요 / 못 먹어요

to be able to (can)　　　　　　V + (으)ㄹ 수 있다
to not be able to (can't) (2)　　V + (으)ㄹ 수 없다

나는 두 학기 모두 1등을 하고 개근상과 장학금으로 문화 상품권을 받았다.

　지금도 나는 한국어를 배우는 것에 대한 후회를 한 적이 없고 뉴질랜드에 가서도 꾸준히 공부할 것이다.

PART 3.

한국 vs 미국

내가 생각하는 미국 사람들의 특성

미국 친구들과 사귀면서 나는 3가지의 공통적인 특성을 느꼈고 이들과 친해지기 위해 그리고 실수하지 않기 위해 인터넷이나 전문 서적 그리고 미국인 친구들에게 여러 정보를 수집했다.

미국 사람들과 친구 혹은 연인이 되고자 하는 사람들은 이들의 특성을 이해해주고 존중하면 친해지는 데 크게 문제가 없을 것이다.

• 독립주의(Separatism)

엘비스 프레슬리의 My way라는 유명한 노래에 "I faced it all and I stood tall and did it my way(모든 것과 정면으로 맞서면서도 난 당당했고, 내 방식대로 해냈었다)"라는 구절이 나온다.

이처럼 자신의 일은 스스로 결정하고 해결해야 한다는 정서가 미국에 전반적으로 퍼져있다.

미국의 부모님들은 자녀들을 최대한 독립적으로 키우려고 노력하며 상황에 따라 다르겠지만 미국의 부모들은 우는 아이들을 무작정 달래면 나약하게 자란다고 생각하기 때문에 울다 지쳐 잠들도록 유도하며, 아이들이 대학에 들어가면 대학 학비는 내주지만 자신의 생활비는 자신들이 벌어서 쓰도록 하여 스스로 감당할 수 있는 소비습관을 길러주고 자식들 스스로 성인으로서 인식할 수 있도록 유도한다고 한다.

학생들 같은 경우에도 고등학교 졸업 후 부모님께 의지하는 것보다는 스스로 경제적인 독립을 하고 싶어 해서 학비나 용돈을 스스로 벌어서 생활비를 충당한다고 한다.

한국인들의 입장에서는 굉장히 어려운 일로 보일 수도 있지만, 우리들 개인의 미래를 위해서 부모님들께 전적으로 의지하기 보다는 미국인들처럼 독립적으로 살아가는 연습이 필요하다는 생각이 든다.

• 개인주의(Indivisualism)

내가 만난 미국인들은 대부분 나 > 타인이었다. 미국인들이 자신만을 생각하는 이기주의자라는 이야기가 아닌 상대방의 가치와 성향을 존중하기 때문에 서로 피해나 부담을 주지 않으려 노력하는 차원의 개인주의라는 이야기다.

미국인들은 '자신에게 일어나는 모든 일에 대한 책임과 권리는 나에게 있다'라고 대부분이 생각하기 때문에 어려움이 닥쳐도 세상을 원망하지도, 비관하지도 않으며 자신이 헤쳐나가야 할, 성장하기 위한 하나의 과정이라고 생각하는 사람들이 많다.

한 조사에서 미국인들은 '성공적인 인생은 자신의 노력보다 부자 부모, 혈연, 지연, 학연 등에 의하여 결정된다'는 질문에 가장 많이 반대를 했고, '성공적인 인생은 자신의 노력과 열정에 의해 결정된다'라는 질문에 가장 많은 동의를 했을 정도로 개인 스스로 행동과 결정에 책임지려고 노력한다.

미국 사람들은 퇴근 시간이 되면 서류에 서명하다가도, 혹은 은행 창구에 손님이 기다리고 있더라도 전혀 고민하지 않고 퇴근하며, 남들보다 더 일찍 출근해서 더 오래 일하는 경우는 드물다. 또한 우리나라처럼 상관이 남아 있다고 해서 눈치를 보며 기다리는 경우는 더더욱 없을 정도로 개인의 행복을 최우선으로 한다(이런 문화는 국내 도입이 시급하다).

개인주의의 장점도 있겠지만 물론 단점 또한 있다. 한가지 예를 들면 이들은 자신들이 하는 일이 옳다고 생각하기 때문에 때때로 자신들의 행동이 남들에게 피해를 준다고 생각하지 못하는 경우가 많다(미국의 버스, 지하철에서 다른 사람들을 의식하지 않고 큰소리로 떠드는 사람, 이어폰 없이 노래를 듣는 사람 심지어 춤을 추며 노래를 부르는 사람들까지 보았다).

미국 사람들은 자신들의 행동들이 크게 잘못되었다고 생각하지 않기 때문에 한국 사람들은 한국에 사는 미국인이 예의가 없고 남들에게 피해를 준다고 생각하는 사람들도 꽤나 있다.

미국의 문화와 우리의 문화가 달라 오해가 발생할 수는 있지만 그들이 틀리고, 잘못되었다고 할 수는 없다고 생각한다.

• 프라이버시(privacy)

앞서 말했듯이 미국 사람들은 독립주의, 개인주의가 강한 만큼 서로 간의 지켜야 할 선이 존재한다고 생각한다.

여러분들 모두가 잘 아는 것처럼 나이, 직업(월급), 종교 등은 물어보지 않아야 한다.

우리나라 같은 경우에는 처음 만났을 때 나이와 직업에 대하여 질문을 하는데 미국 사람들은 이 3가지 질문을 하는 사람들을 무례하다고 생각한다.

첫째로 나이에 대한 질문이다. 어린 학생들은 나이를 물어보는 질문에 크게 거부반응이 없지만 20대 중반 혹은 그 이후의 사람들에게(특히 여성) 나이를 물어보면 대부분 거부반응을 보이며 한국 사람들처럼 나이를 따져가며 서열을 정하는 문화가 아니기 때문에 나이에 대하여 질문을 하지 않으며 궁금해하지도 않는다.

따라서 나이가 궁금하더라도 초면에 질문하는 것보다 자신의 나이를 먼저 밝히거나, 상대방이 먼저 이야기할 때까지 기다려주는 것이 그들을 배려하는 방법이다.

둘째로 직업이다. 미국도 현재 불경기에 취업도 잘되지 않고 여러 사람이 어려운 상황에 있다. 또한 직업이나 월급에 대하여 질문은 자칫하면 그 사람의 능력이나 재정 상태를 판단하려고 하는 것으로 보일 수 있기 때문에 나이를 물어보는 것보다 더욱 실례가 될 수 있다.

마지막으로 종교이다. 미국에는 예로부터 모든 인종이 섞여 살았고 각 인종마다 추구하는 종교가 달랐기 때문에 서로 다른 종교로 인한 분쟁이 너무 심해져 서로 간의 종교를 묻지 않는 문화가 되었다고 한다.

한국 사람들이 유학이나 이민을 가서 친해지려는 의도로 혹은 전도하려는 의도로 질문하는 경우가 있는데 오히려 상황을 악화시킬 수도 있다고 하니 되도록 상대방 쪽에서 질문할 때까지 기다리는 게 현명한 방법이라고 생각한다.

이렇게 미국 사람들은 개인의 사생활을 정말 중요시 여기며 정말 친하지 않은 사람이 개인적인 질문을 했을 때 '이 사람이 왜 나의 개인적인 것들에 대해 궁금해할까' 하는 부정적인 생각을 한다

고 하니 이들과 좋은 관계를 유지하고자 한다면 '개인적인 질문'은
피해 주는 게 좋을 것 같다.

한국 사람들과 직장 문화

한국에 2년 가까이 살면서 정말 다양한 사람들을 만나며 느낀 한국 사람들의 특성과 문화 등을 이야기할까 한다.

• 친절한 한국 사람들

작년에 한국에 처음 왔을 때 '한국 사람들은 정말 친절하다'라는 느낌을 받았다.

학교 선생님들은 처음 만나는 나에게, 집 정리에서부터 장보는 것까지 하나부터 열까지 하나하나 친절하게 설명해 주었다.

미국 사람들은 직장 등에서 처음 만났을 때 간단히 자신에 대해서 소개하고 업무에 대한 소개를 받고 직장 동료들과 천천히 친해지는 반면, 한국의 선생님들은 나를 굉장히 반겨주었고, 미국과 한국에 대한 여러 가지 이야기를 하며 빠르게 친해질 수 있었다.

미국의 식당 등은 주문한 것 외 무료로 제공하는 게 거의 없는 반면 한국은 식당이나 카페, 바 등에서 '외국인 서비스'라고 이야기하며 맛있는 음식을 무료로 주는 경우도 꽤 있었다.

내가 만난 한국 사람들 대부분이 외국인들에게 따듯하게 대해 주었다. 한국 사람들 모두가 알다시피, 개인주의 성향을 가지고 있는 미국 사람들은 상대방이 불쾌할까 염려하기 때문에 먼저 부탁을 하지 않는 이상 잘 도와주지 않는다. 그 반면에 한국은 '정'이라는 문화가 있어 참 따듯한 것 같다.

• 한국의 직장 문화

한국의 직장 문화는 꽤나 경직되어 있는것 같다. 미국 같은 경우에는 신입사원이라도 회의 시 좋은 의견을 자유롭게 내고, 그 의견이 좋으면 적용을 하는 경우가 많은 반면 한국 같은 경우 나이가 많은 사람의 의견이나, 부서장의 의견을 따르는 것이 보통이며, 신입 사원들의 의견은 그저 '참고사항'이 되어버리는 경우가 많다. 처음 몇 달간 수업 준비에 대한 의견을 많이 내곤 했는데 나중에는 업무를 수동적으로 하게 되었던 것 같다.

직장 생활에서 조금 힘들었던 점은 강요되는 회식 문화였다. 미국 같은 경우는 직장 동료들끼리 회식을 하는 경우는 1년에 한 번 혹은 많으면 두 번이며 그마저도 원하는 사람들만 참석하는 시스템이다.

한국 같은 경우는 회식이 정말 잦았고, 회식하는 날 '오늘 회식 있으니 참석해야 한다'고 통보하는 경우가 대다수였다. 모든 회식을 참석하다가, 선약 때문에 한 번 빠진다고 이야기를 하였다가, 무례한 행동이라고 지적을 당한 적이 있다. 1년 동안 수없이 참석하다가 단 한 번의 결석인데 그게 그렇게 잘못된 것인가 하는 마음에 억울하다는 생각이 들었다.

자신의 의견을 자유롭게 표현하지 못하는 직장은 발전하지 못한다. 모두가 자유롭게 자신의 의견을 표현할 때 더 좋은, 더 창의적인 방안을 모색할 수 있고 그 과정에서 직원들이 성장할 수 있는 것인데, 한국의 직장은 너무 부서장 위주로 모든 것이 결정되어 참 아쉬웠다.

언젠가 한국에서 다시 취업할 때에는 문화가 조금 바뀌었으면 좋겠다.

미국 여자와 교제하는 사람에게 (혹은 하고 싶은)

앞서 말했듯이 21세기는 국제 커플 및 국제결혼이 대세이다. 서울이나 대전, 부산 등의 시내에 나가보면 수많은 국제 커플들을 심심치 않게 볼 수 있다.

미국인 여자친구 때문에 여러 가지 정보를 찾아보고 연구, 분석해본 결과, 미국 남자들이 한국 여자들과 사귀는 비율이 미국 여자들이 한국 남자들과 사귀는 비율보다 압도적으로 높다.

모두에게 적용되는 것은 아니지만 한국에 학업 혹은 직업 때문에 오는 미국 남자들은 작고 귀여운 한국 여자들에게 매력을 느끼며 적극적으로 대쉬를 하는 반면에, 한국 남자들은 미국 여자들에게 적극적으로 대쉬를 하지 않는다.

여러 가지 문제가 있겠지만 '영어'에 대한 문제가 가장 크고 두 번째는 '미국 여자가 나랑 사귈 이유가 없다'라고 생각하기 때문인 것 같다(실제로 내 주변의 한국 친구 2명은 내게 비법(?)을 전수받고 미국 여자와 사귀고 있다).

나는 5명의 미국인 여자 사람 친구들에게(내 여자친구 포함한) 한국 남자들과 미국 남자들의 차이점이 무엇인지 물어보았고 그들의 공통적이고 대표적인 대답은 "미국 남자들은 연락을 잘 안 한다" "표현을 안 한다"였다.

미국 남자들은 연애를 시작하기 전 너무 Cool한 태도를 보이며 연락을 하지 않기 때문에 "이 녀석이 나를 좋아하나? 나랑 장난치는 건가?"하는 생각을 하게 만들어서 여자를 혼란스럽게 한다고 한다. 또한 서로 사랑을 시작한 후에도 사랑한다는 진지한 애정 표현을 하지 않기 때문에 미국 여자들 또한 애정 표현에 익숙치 않다.

우리 한국 남자들은 바로 이 점을 공략해야 한다. 한국 남자들은 이미 한국 여자친구들을 만나오면서 훈련이 잘 되어 있지 않은가?

한국 여자들과 교제할 때처럼 연애 시작 전, 시작 후에 매일같이 연락해주고, 맛있는 음식, 작은 선물 등 사소한 것들을 챙겨주면 미국 여자들의 마음은 100%의 확률로 열린다(미국 여자들은 남자들에게 선물이나 특별한 대접을 받아야 한다는 생각을 하지 않기 때문에 의외로 효과가 크다).

그러나 모든 행동을 한국 여자친구에게 하듯이 하면 문제가 생길 수 있다. 예를 들어 미국 커플들은 기념일 날 선물을 거의 교환하지 않고 자기의 파트너에게 사주고 싶은 물건이 있을 때 사준다. 나는 연애 초기에 '이 사람은 왜 오늘 같은 날 빈손으로 왔을까?' 하는 생각도 자주 하곤 했다(대신 더치페이에서 정말 정확하다).

마지막으로 하고 싶은 말은 '자신감을 가져라'이다. 세계 공통적인 속담 중 '용기있는 자가 미녀를 얻는다'는 말이 있듯이 그들 또한 사랑받고 싶어 하는 여자들이다.

한국 남자들은 정말 잘 훈련된, 준비된 용사들이다. 두려워하지 말고 돌격 앞으로!하길 바란다. 자! 한국 남자의 매운맛을 보여주자!

About 한국 남자

한국에서 영어를 가르치기로 했을 때, 한국은 김치를 많이 먹는다는 것 외에는 아는 것이 거의 없어서 한국의 드라마와 영화를 보며 조금이라도 정보를 얻어야겠다는 생각을 하게 되었다.

대부분의 한국 드라마에서는 한 남자가 여자를 좋아하고, 그 여자는 남자를 별로 좋아하지 않는다. 그러나 그 남자는 모든 장애물을 극복하고 결국 그 여자를 여자친구로 만든다.

비록 드라마는 드라마이지만, 나는 한국의 드라마 같은 연애를 꿈꾼다.

한국 남자들이 미국 남자들과 크게 다르지 않다고 느꼈으나 미국 남자들과 몇 가지 차이점을 발견하였다.

첫째로, 한국 남자들은 데이트를 시작할 때 문자 메시지(카카오톡)를 놀라울 정도로 많이 보낸다. 반면 미국에서는 만남을 시작하거나 번호를 교환했을 때

보통 2~3일간은 서로 연락을 하지 않는다(우리는 이게 cool하다고 생각한다). 게다가 전화도 아침, 점심, 저녁, 자기 전 수도 없이 많이 한다.

장점은 이 사람이 나에게 정말 관심이 있다는 것을 쉽게 알 수 있기에 여자 쪽에서도 관심을 표현할 수 있지만 단점으로는 좋아하지 않거나 마음을 정하지 않는 상황에서 이렇게 자주 연락을 하면 집착이 심하고 참을성이 없는 남자로 보여질 수 있다.

두 번째로 한국 남자들은 여자들에게 정말 잘해준다. 한국 남자들은 여자친구가 화장실에 가거나, 쇼핑할 때, 여자들이 먼저 말하지 않아도 가방을 들어주며 식사나 커피, 데이트 비용들을 거의 다 내려고 하며 여자친구에게 명품 브랜드의 가방이나 지갑을 선물해준다. 모든 남자가 이렇지는 않지만 대부분 남자들이 이런 것 같다. 미국의 여자들은 남자친구가 데이트에 모든 비용을 다 지불하고 선물을 사줄 것이라는 기대도 하지 않고 그렇게 만들지도 않는다. 미국 여자들은 한 사람의 성인으로서 자신의 식사는 자신이 지불해야 하며, 사고 싶은 게 있으면 스스로 구매해야 한다고 생각하는 경향이 있다.

세 번째로 기념일을 잘 챙긴다. 한국 사람들은 100일을 굉장히 중요하게 여기는 반면에 미국에서는 대부분 1주년을 기념한다. 또한 한국에는 발렌타인데이, 화이트데이, 로즈데이, 빼빼로데이 등의 기념일(돈을 써야 하는 날)들이 굉장히 많아 나처럼 기념일 챙기는 것에 관심 없어 하는 여자는 남자친구를 삐치게 한다.

네 번째로 커플티를 좋아한다. 한국의 커플들은 커플티를 좋아한다. 작년에 그가 100일 기념 선물로 커플티를 주었을 때 나는 속으로 이걸 입어야 하나 말 아야 하나 진심으로 고민했다. 미국에서는 커플티가 굉장히 느끼하다고 생각 하기 때문에 시도하는 커플이 거의 없고 나의 페이스북 사진을 본 미국인 친구 들이 나를 '느끼녀'라고 엄청 놀렸었다.

지금은 커플티에 대한 거부감이 크게 없지만 처음에는 커플티를 함께 입고 데이트를 한다는 게 너무 부담스러웠다.

내가 생각할 때 많은 한국 사람들이 미국 여자와 데이트를 하고 싶어 하고 미국 여자들 또한 한국 남자와 데이트를 하고 싶어 하지만 언어라는 장벽과 문 화의 차이 때문에 서로 망설이는 경우가 굉장히 많다.

나와 정환은 홍천의 유일한 국제 커플이었다. 언어, 문화가 다른 사람들이 사 랑한다는 것이 쉬운 일은 아니지만 함께함으로써 서로에게서 많은 것들을 배 울 수 있고, 새로운 경험을 할 수 있게 되며, 시야를 넓혀준다.

정환이 좋아하는 "용기 있는 남자가 미인을 얻는다"는 느끼한 말처럼 영어를 잘하지 못하더라도, 용기 있게 다가가면 우리 커플처럼 좋은 결과가 있을 거라 고 믿는다.

미국인이 보는 한국말

- 콩글리시

외국 사람들은 카페, 레스토랑, 옷가게 등등 한국의 곳곳에서 영어로 된 메뉴나 문구를 어렵지 않게 찾아볼 수 있다. 그러나 많은 단어의 의미가 완벽히 다르게(콩글리시의 형태로) 사용되고 있다.

예를 들면 아래와 같다.

단어	콩글리시	영어
헌팅(hunting)	이성을 유혹하다	사냥 혹은 찾기
컨닝(cunning)	답을 베끼다	교활한
노트북(notebook)	휴대용 컴퓨터	공책
서비스(service)	무료 제공	도움을 주는 행위
미팅(meeting)	새로운 만남	회의

의미는 비슷하지만 뜻이 다른 콩글리시가 한국에 수도 없이 많아서 한국에 처음 여행 오거나 직업 때문에 온 외국인들을 깜짝 놀라게 만드는 경우가 많다. 심한 예를 들면 'crab sandwich'를 'crap sandwich'(대변 샌드위치), 'summer beach festival' 대신 'summer bitch festival'(bitch는 암캐 혹은 나쁜 여자 등을 의미)라고 쓰는 실수를 하기도 하여 나를 혼란스럽게 만드는 경우가 많이 있었다.

• 발음

한국 사람들은 영어 단어를 철자 그대로 발음하는 경우가 굉장히 많아서 특정 장소나, 영화 배우 이름을 이야기할 때 쉽사리 알아듣지 못하는 경우가 많다. 예를 들어 한국 사람들과 에펠탑을 이야기할 때 외국인들의 입장에서 애플탑(사과의 윗면)으로 듣는 경우도 있어 'Eiffel tower'라고 스펠링을 직접 이야기해야 알아 듣는 경우도 있고 '두유 노 브래드피트'를 못 알아들어 사진을 보고서야 '아! 브래드피트'라고 이야기한 적도 굉장히 많았다.

나 같은 경우 약 2년 정도 한국에 거주하며 주워들은 게 있어 한국인들의 콩글리쉬와 영어 발음을 대부분 알아듣지만, 처음에는 서로의 발음을 알아듣지 못하여 웃지 못할 상황이 벌어진 적도 많이 있었다.

• 반말과 존댓말

영어에 존댓말이라는 개념이 없다. 물론, 자신의 직장 상사나 친하지 않은 사람에게 정중하게 이야기하는 방법은 있지만, 언제나 서로가 동등한 입장에서 대화와 관계가 이루어진다.

예를 들어 나이 차이가 많이 나더라도 친해지면 정말 편하게 이야기하고 친하지 않으면 나이가 같더라도 상대방을 존중하는 말투를 쓴다. 반면 한국은 나이가 많으면 어떠한 관계를 맺고 있느냐에 상관없이 무조건 '존댓말'을 사용해야 하며 그에 맞는 '대우'를 해주어야 한다.

따라서 한국에 거주하는 외국인들은 존댓말에 대한 어려움을 많이 겪는다. 대부분의 외국인이 나이가 많은 사람들에게 존댓말을 써야 한다는 사실은 알고 있지만, 언제, 어떻게 써야 하는지 아는 사람이 거의 없고 나도 약 2년 가까이 한국어 공부를 하였지만 존댓말이 아직은 어렵다.

한가지 예를 들면 나는 정환의 누나와 많은 시간을 보내었고 우리는 충분히 친해졌다고 생각한다. 하지만 그녀는 나보다 나이가 많기에 나에게 반말을 하고, 나는 그녀에게 존댓말을 해야 하며, 그녀를 더욱 존중해 주어야 한다. 이런 관계가 싫은 것은 아니지만 나이가 많다는 이유만으로 '존댓말'과 '대우'를 해주어야 한다면, 함께 많은 시간을 보내더라도 동등한 관계, 깊은 관계가 되기는 힘들겠다는 생각이 들었다.

p.s 한국말을 배우는 외국인들이 반말을 하더라도 악의는 없으니 나쁘게 생각하지 말아 주셨으면 합니다.

한국 사람들에게 하고 싶은 말

1. 두려워하지 마세요.

　한국에 사는 많은 미국 사람들이 한국인 친구를 만들고 싶어하지만 한국말을 하지 못하면, 한국 사람들에게 다가가기가 굉장히 어렵습니다. 만약 외국인과 친구가 되고 싶다면 영어를 잘 못하더라도 다가와 주세요! 물지 않아요!

2. 지나가는 외국인에게 갑자기 큰 소리로 "Hello"라고 하지 마세요.

　한국은 저희에게는 외국이다 보니 당황스럽기도 하고 무섭답니다.

3. 한국의 마스코트가 김치, 싸이, 박지성이라는 사실은 한국에 오는 외국인들은 전부 다 알고 있습니다.

　'Do you know psy?'는 이제 그만…

4. 대답하기 힘든 질문은 참아주세요.

"일본이 좋아 한국이 좋아?" 같은 질문 보다는 "한국에 언제왔니?" "한국어 배워봤어?" 등등이 훨씬 더 좋은 질문 같아요.

5. 초면에 대뜸 영어를 가르쳐달라고 하지 마세요.

조금 친해진 후 Language Exchange 제안하는 게 훨씬 좋아요. 한국 사람들은 외국인들을 친구가 아닌 영어 가르쳐주는 사람으로 보는 경향이 있어요.

6. 영어를 두려워하지 마세요.

미국 사람들도 완벽한 영어를 구사하지 못하는 사람들이 굉장히 많고 한국 사람들이 틀리게 말하더라도 잘못되었다고 생각하지 않으니 두려워하지 마시고 시도하셨으면 해요.

7. 나이는 그저 숫자에 불과하답니다.

미국에서는 나이를 묻지도 따지지도 않기 때문에 누구나 다 친구가 될 수 있습니다. 제가 한국의 어른들과 친구가 되겠다는 뜻이 아니라, 여러분보다 나이 차이가 많이 나더라도 충분히 친구가 될 수 있으니 두려워하지 마시고 다가오세요!

8. 한국과 미국 사이에는 엄청난 문화 차이가 있습니다.

서로가 친해지는, 사랑하는 과정에서 여러 갈등이 발생할 수 있지만 조금 더 지내보면 악의가 있어서 한 행동이 아니라는 것을 알 수 있습니다. 서로 인내하고 서로 이해하려고 노력한다면 좀 더 좋은 관계가 될 수 있습니다.

미국 사람에 대한 오해

1. 미국 사람들은 매일 햄버거를 먹는다.

물론 미국 사람들이 햄버거를 사랑하지만, 이탈리안, 중국 음식, 멕시칸, 일식 등 정말 다양한 음식을 먹는답니다(p.s 요즘 한국 음식이 굉장히 인기가 많아요).

2. 미국 사람들은 매운 음식을 못 먹는다.

한국 사람들은 우리가 치즈만 먹기 때문에 매운 음식을 못 먹는다고 생각하는 경향이 있는데, 미국에도 매운 음식이 굉장히 많이 있고, 한국의 매운 음식들을 굉장히 좋아한답니다.

3. 미국 사람들은 젓가락질을 못 한다.

요즘 미국에서는 아시아 음식이 굉장히 인기가 있습니다. 모든 아시아 음식은 젓가락을 사용해야 하기 때문에 99%의 미국인들이 젓가락질을 잘한답니다. 한국인들이 미국인들에게 '젓가락질 잘한다'고 하는 것은 미국인들이 한국 사람들에게 '포크 잘 쓰네요'라고 하는 것과 같습니다.

4. 미국 사람들은 신발을 신고 집에 들어간다.

맞기도 하고 틀리기도 합니다. 미국 사람들은 집에 들어올 때 외출화를 벗고, 집에서 신는 신발을 신습니다. 미국 영화나 드라마를 보면 외출 후 신발을 신는 채로 침대에 눕는 경우가 꽤나 있는데, 영화는 영화일 뿐입니다.

5. 미국 사람들은 야구와 럭비를 좋아한다.

아무래도 인구가 많기 때문에 다들 좋아하는 것으로 보일 수도 있지만 야구의 '야'자도 럭비의 '럭'자도 모르는 사람들이 굉장히 많습니다. 갑자기 특정한 선수의 이름을 물어보시면 대답을 못 해 어색한 상황이 발생할 경우가 있습니다.

6. 미국 사람들은 전부 백인이다.

제가 학교에 처음 왔을 때 몇몇 선생님들은 '진짜 American이 왔다'라는 말을 한적이 있습니다(이전 선생님도 미국인이었지만 흑인이라서 이런 말씀을 하신 것 같아요). 미국에는 흑인, 백인, 황인 등의 다양한 인종이 많고, 미국 사람들은 여러 인종이 함께 사는 데에 전혀 거부감이 없습니다.

이 밖에도 미국 사람들에 대한 여러 가지 오해가 많은데 생긴 것만 다를 뿐 모두가 같은 사람이랍니다.

서로서로 편견 없이 친하게 지냈으면 좋겠습니다.

PART 4.

우리의 추억의 장소

양평 딸기농장

그녀가 출국하기 전 우리는 마지막 추억을 만들기 위하여 양평에 위치한 딸기 농장에 방문하였고 그 선택은 정말 옳았다.

약 1시간 동안 딸기를 먹고 싶은 만큼 먹고, 자기가 마음에 드는 딸기를 수확할 수 있어 학생들의 교육에도, 데이트 코스로도 아주 인기가 많다.

농장에서 딸기 수확 외에도 딸기잼, 딸기 케이크, 딸기 피자 만들기 등 여러 가지의 체험을 할 수 있어서 더욱 즐거웠다

농장에 들어가는 순간 달콤한 딸기의 향을 맡을 수 있다.

노스캐롤라이나 박물관

노스캐롤라이나 박물관은 주의 대표적인 역사박물관으로서 1902년에 지어졌다. 이곳을 찾는 관광객들이 미국과 노스캐롤라이나의 역사를 쉽게 이해할 수 있게 되어 있다. 또한, 미국의 역사뿐만 아니라 일제 강점기 시절의 우리나라 독립군들이 입었던 전투복, 무기들이 전시되어 있었고, 일제의 부당한 침략 행위를 세계에 알리기 위해 희생했던 우리 독립군에 대한 역사적 사실까지 알수 있었다.

역사박물관에서 한 블록 걸어가면 자연 과학 박물관을 볼 수 있는데 이곳에서는 미국에서 서식했던 수많은 동물, 식물 곤충들의 역사를 공부할 수 있어 학생들의 수학 여행 장소로 꼽히기도 한다.

태극기 앞에서

보스턴

보스턴은 미국의 독립 혁명의 발단이 된 보스턴 차 사건을 비롯하여 하버드 대학, MIT 및 60개 이상의 대학이 있어 체계적인 교육 시스템으로도 유명하다.

보스턴 하면 하버드 대학을 빼놓을 수 없다. 하버드 대학 캠퍼스에 들어가기 전부터 많은 관광객과 고등학생들이 가이드를 통하여 학교의 역사와 특징 등에 대한 설명을 듣고 있었다.

하버드에 다니는 학생들은 모두가 똑똑해 보이고 당당해 보였다.

이곳은 과연 어떤 교육 시스템을 가지고 있기에 인재들을 발굴했을까라는 생각과 이곳 학생들이 곧 세계의 리더가 되겠다는 생각만으로도 나 스스로 자극이 되었다.

하버드 대학교 동상의 발을 문지르면 우등생이 된다는 속설이 있어
사람들이 문질러 색이 노란색으로 바랬다.

보스턴 시내에서 보스턴 셔츠를 입고

이 밖에도 레드삭스 야구팀의 홈그라운드 '펜웨이 파크', 걸어서 보스턴의 명소들을 모두 둘러볼 수 있는 '프리덤 트레일', 삶과 관광에 지친 사람들을 위한 '퍼블릭 가든' 등의 명소가 있다.

뉴욕

한국에서 아니 세계에서 뉴욕을 모르는 사람이 과연 있을까?

살아가면서 뉴욕이라는 도시에 가게 될 것이라는 상상도 못 해 보았는데 미국의 최대 도시에 다녀왔다는 사실이 지금도 믿기지 않는다.

뉴욕은 미국 최대의 도시로서 상업, 금융, 무역의 중심지 역할을 하고 있으며 관광지로도 인기가 많다. 미국 최대의 도시답게 정말 많은 관광지가 있지만 우리는 짧은 일정으로 인해 타임스퀘어, 월스트리트, 자유의 여신상, 센트럴 파크 이렇게 총 4곳을 방문하였다.

• 타임스퀘어

수많은 영화관, 레스토랑, 쇼핑센터, 호텔 등 관광객들이 즐길 수 있는 것이 셀 수 없으며 저녁이 되면 '진짜'를 만날 수 있다. 언제나 많은 사람이 북적이는 곳이지만 그로 인한 뉴욕의 분위기를 느낄 수 있다.

• 센트럴 파크

산책로, 호수, 연못, 동물원 등이 있어 일상에 지친 뉴요커들과 관광객들에게 휴식 장소를 제공한다. 이곳에 가면 축구, 야구, 농구, 조깅 등등 여러 종류의 운동을 하는 사람들과 잔디밭에 한가롭게 누워 독서를 하는 사람들을 볼 수 있다. 복잡한 뉴욕 관광에 지쳐있다면 센트럴 파크에 들러 가볍게 산책을 하는 것도 좋을 것 같다.

• 월스트리트

세계 금융시장의 중심가로, 1700년대 후반에 만들어졌으며 세계 제일의 규모를 자랑하는 주식거래소와 은행이 집중되어 있다. 책이나 신문에서 월스트리트 사진을 보면 뭔가 있어 보이는데 실제

자유의 여신상   월스트리트

타임스퀘어

로는 내부로 들어갈 수도 없고 크게 특별한 게 없다.

• 자유의 여신상

프랑스가 미국 독립 100주년을 축하하기 위해 선물하였으며 1984년 세계 문화유산으로 등록되었다. 유람선을 타고 1시간 동안 자유의 여신상을 비롯하여 엠파이어 스테이트 빌딩, 브루클린 브리지 등 뉴욕의 주요 랜드마크들을 관람하며 아름답다는 생각이 들었고 미국의 상징 자유의 여신상을 내 눈으로 보고 있다는 사실이 실감이 나지 않았다.

뉴욕 시민들과 관광객들을 위해 운영되는 무료 유람선과 리버티 섬 안으로 들어가는 유료 유람선이 있으니 뉴욕에 가는 사람들은 참고하길 바란다.

우리집 옥상

많은 사람이 사는 이 원룸에서 유일하게 우리만 사용하였던 넓은 옥상이다. 우리는 어려운 공부와 숨 막히는 일상에 지칠 때면 우리만의 아지트에 올라와 주변 풍경 등을 바라보며 생각을 정리하곤 했다.

평일에는 맥주를 마시고, 주말에는 삼겹살을 구워 먹고 그녀와 함께 왈츠를 추곤 했다.

작은 집이었지만 그 누구도 방해하지 않는 우리만의 공간에 있어 더욱 행복했던 우리.

동네를 한눈에 볼 수 있는 우리만의 아지트

저녁이 되면 로맨틱해지는 우리의 아지트

춘천 지암리 계곡

군 생활을 하는 동안 강원도의 좋은 계곡은 거의 다 방문했을 정도로 한때 계곡에 미쳐있었다. 그중 소개하고 싶은 계곡은 우리가 가장 사랑했던 춘천의 지암리 계곡이다.

이곳은 계곡의 규모가 꽤나 크기 때문에 많은 사람들이 오더라도 방해받지 않고 우리만의 한가로운 시간을 보낼 수 있었고 깨끗한 물과 깊이는 두말할 필요도 없다.

이곳에서 맛있는 고기를 먹으며 맥주 한잔을 마시는 것만으로도 일상의 피로와 스트레스를 모조리 잊을 수 있었다.

2016년 한 해 동안 이곳에 친구들을 3번이나 초대했을 만큼 이곳을 좋아하며 앞으로도 계속 방문할 것이다.

티 없이 맑고 깨끗한 물과 아름다운 주변 환경

행복한 2016년 여름의 어느 날   지글지글 익어가는 목살

인구 해변

강원도 양양에 위치한 인구 해변은 물이 굉장히 깨끗함에도 불구하고 사람들에게 잘 알려지지 않아 찾는 사람이 적어 굉장히 한적한 곳이다.

바다를 좋아하는 나는 지금껏 많은 바다를 다녀와 보았지만 이처럼 쓰레기 하나 없는 깨끗한 바닷가는 지금까지 본 적이 없다.

가족이나 연인과 조용한 시간을 보내거나 서핑을 즐기는 사람에게 양양의 인구 해변을 추천한다.

너무 깨끗하고 평화로운 인구 해변!

제주도

한국 사람이라면 수학 여행으로라도 한 번쯤은 여행가는 제주도. 여자친구와 한국에서의 마지막 특별 휴가를 보내고 싶어서 우리는 제주도 여행을 결정했다.

4박 5일간의 길다면 길고 짧다면 짧은 여행 동안 우리는 용두암, 정방폭포, 올레시장, 쇠소깍, 금능해변, 카멜리아힐, 여러 가지 박물관 등 여행 후 우리 둘 다 몸살이 날 정도로 살인적인 스케줄을 소화해냈다.

제주 여행의 반은 '먹방'이라는 이야기가 있듯이 나에게는 보는 즐거움보다 먹는 즐거움이 더욱 컸다.

한 가지 아쉬운 점이 있다면 비가 와서 우도 여행을 못 다녀왔

다는 것이다.

여행하는 동안 50년 후, 은퇴 후에 제주도에 집 한 채 짓고 여유
롭게 살고 싶다는 생각이 드는 동시에 제주도 땅값이 오르고 있으
니 더 열심히 모아야겠다는 현실적인 생각 또한 들었다.

에버랜드

9월의 어느 날 우리는 한국 사람들이 수학 여행 코스 혹은 데이트 코스로 많이 선택하는 에버랜드에 다녀왔다.

사실 나는 곧 서른이 되기도 하고 놀이기구를 조금 무서워해서 놀이동산을 선호하지 않지만 여자친구가 정말 좋아하고 나이를 먹으면 더 가기 힘들어질 것 같다는 생각에 마지막이라고 생각하고 다녀왔다.

처음에는 하루를 여자친구에게 봉사한다는 마음으로 출발했지만 막상 구경하다 보니 어린 시절로 돌아가는 느낌이 들어 더욱 재미있게 느껴졌다.

여러 가지 놀이기구, 동물, 달콤한 아이스크림, 화창한 날씨 그리

무서워하며 먹이를 주는 그녀

우리는 어린 시절로 돌아간 것처럼 행복했다

고 우리 둘의 조합이 아름다운 날을 만들어주었던 것 같다.

기회가 된다면 다음번에는 우리 아이들과 함께 더 즐거운 시간을 보내고 싶다.

전주 한옥 마을

전라북도 전주시에 위치한 '한옥마을'은 일제시대 때 일본에 저항하던 선비들이 조선 태조의 어진을 모신 경기전을 지키기 위해 이곳에 모여 한옥을 지어 살기 시작했고 지금까지 발전해 왔다고 한다.

한옥 마을은 말 그대로 한옥 마을과 경기전, 명동성당, 각종 문화재 등으로 유명하다.

한옥 마을 입구에 들어서면 모든 건물이 한옥으로 구성되어있고, 한복을 입은 사람들과 각종 전통 음식 때문에 잠깐동안 '조선'에 와 있는 것 같은 착각이 들게 한다.

커플 혹은 가족 단위로 이곳을 방문하여 왕이 입는 곤룡포나 선

비들이 입는 두루마기 등을 대여하여 한껏 기분 내는 것도 좋은
추억이 될 것 같다.

부안

전라북도에 위치한 부안은 우리 아버지가 태어나시고 성장하신 고향이다. 어릴 적부터 부안 곳곳을 수도 없이 다녔지만 단 한 번도 지겹다는 생각이 들지 않을 정도로 이곳을 사랑한다.

아름다운 바닷가 채석강과 맛있는 젓갈로 유명한 곰소, 우리나라 보물로 지정된 엄청난 규모의 절 내소사까지 없는 것 빼고는 다 있는 자연의 고장 부안.

이번 추석 때 가족들에게 여자친구를 소개시켜주고자 그녀와 함께 할아버지 댁에 방문하였고 우리는 내소사와 격포 바닷가를 구경하며 정말 즐거운 시간을 보냈다.

♥ 한국 남자 미국 여자

한국 남자

나를 아는 사람들은 나의 꿈이 대통령 통역 비서관이라는 것을 알고 있다. 사람들은 자신의 계획을 다른 사람들에게 이야기할 때 그것을 지키기 위해서라도 노력한다는 글을 언젠가 읽은 이후, 나는 더욱 다른 사람에게 이야기하는 편이다.

하지만 나는 내 실력이 어느 정도인지 잘 알고 있다. 현실과 이상이 너무나도 다른 셈이다. 여자친구에게 나의 꿈을 이루고 싶다고 진지하게 털어놓았고 그녀는 언제나처럼 "철저한 계획과 노력을 하면 이 세상에 못 이룰 것이 없다. 같이 해결책을 찾아보자"라고 이야기하였다.

결국 1년간 뉴질랜드에서 공부하기로 결정했다. 다른 나라들을 선택할 수 있었지만, 뉴질랜드가 영어권 국가 중 굉장히 안전한 나라에 속하며 가장 큰 이유는 다른 나라와 달리 학생 비자를 받고도 주 20시간씩 아르바이트를 할 수 있다는 장점 때문에 적어도 주거 비용을 해결할 수 있겠다는 생각이 들어 뉴질랜드를 선택하였다. 월 80시간을 일했을 경우 최대 100만 원까지 벌 수 있다.

부모님께서 네 나이도 이제 곧 30이고 전역했으면 새로운 직장에 들어가 장가갈 준비를 하는 것이 아니라 무슨 늦은 유학이냐고 만류를 하셨지만 정말 오랜 시간을 거쳐서 부모님을 설득하였고, 나중에는 공부할 거면 확실히 하고 오라고 응원해주셨다.

또한 혼자 가는 것이 아닌 사랑하는 나의 파트너와 함께할 것이고 유학 후의 계획도 확실히 세워두었기 때문에 크게 문제는 없을 것이라고 생각한다. 솔직히 말해서 외국에 나가서 공부를 한다고 하여 정말 멋진 직장을 구하거나 누구보다 멋진 인생을 살 수 있다고 보장할 수 없다.

하지만 나의 인생은 내가 개척하는 것이고 현재의 경제적 아쉬

움 때문에 취직을 하게 된다면 남은 인생을 후회할 것을 알기에 어려운 선택을 하게 되었다.

독자 여러분들 중에서도 자신의 꿈을 선택할 것인지, 현실에 안주하며 살 것인지 고민하는 사람들이 굉장히 많을 것이라고 생각된다.

여러분들에게 꿈을 좇으라고 강요할 수는 없지만, 헨리 포드의 말처럼 세상의 모든 일을 할 수 있다고 생각하든, 할수없다고 생각하든 우리가 생각한대로 될것이기 때문에 무엇이든 해 낼 수 있다는 마음으로 세상을 살아보자고 권하고 싶다.

나는 앞으로 뉴질랜드에서 영어를, 독일의 베를린 대학원에서 한국 언어학을 공부할 계획이다. 소중한 매 순간을 대한민국의 '국가대표'라는 마음가짐으로 열심히 공부하여, 나라에 보탬이 되는 삶을 살 것이다.

"여러분들에게 성장하는 모습을 보어드리겠습니다."

미국 여자

우리는 이제 곧 뉴질랜드에서의 새로운 삶을 시작한다.

작년 11월 즈음, 그는 외국에 나가 약 1년 혹은 2년 정도 공부를 하면 실력 향상에 도움이 많이 될 것 같다는 이야기를 했었다.

나는 그를 위하여 미국, 영국, 호주 등 영어권 국가에서의 어학연수에 대하여 알아보았고 안전, 삶의 질, 교육의 퀄리티 등을 고려했을 때 뉴질랜드가 그에게 맞을 것 같다는 생각을 하였고, 나 또한 그와 함께하기 위하여 뉴질랜드에서의 워킹홀리데이를 결정했다.

그와 뉴질랜드에서의 어학연수, 일자리, 생활 환경 등을 작년 이맘때 알아보았는데 이제 곧 출국하게 된다고 생각하게 되니 시간이 정말 빠르게 흐른다는 생각과 우리가 정말 오랜 시간 같이 있었다는 생각이 들었다.

정환은 그곳에서 랭귀지스쿨 등 모든 것을 구했지만 나는 아직 아무것도 정해진 게 없어서 조금은 긴장되지만 그래도 새로운 곳에서 나의 인생을 시작한다고 생각하니 정말 너무 설렌다.

2년간 한국이라는 나라에서 학생들에게 영어를 가르쳐도 보고 한국어를 배워도 보고 좋은 사람들과 보낸 시간들은 한 번뿐인 나의 인생에 엄청난 행운이

었다고 생각한다.

지금은 비록 출국하지만 이게 마지막이 아님을 알기 때문에 아쉽지만 웃으
며 떠날 수 있을 것 같다.

안녕, 나의 고향 홍천 그리고 춘천!